U0055984

後來，就把失去熬成失眠

無NONNO——著

自序———

你們讓我的普通有了意義，不只是夜裡。

「總之，謝謝妳和妳的文字在夜晚出現。」

這是第一次，我收到讀者對我說的讓我記憶深刻的一句話。

我一直都是個很普通的人。

普通地活著、普通地吃飯、普通地談過戀愛、普通地面對生活上的幸福和磨難、普通地長大、普通地失去、普通地獲得。

我是一個沒什麼特別的人。
在這個有著成千上萬不同存在的世界裡，我是一個完全沒什麼的人。

因為寫了太多情緒，想把那些太潮濕的失眠，或夜晚拿出來風乾，所以某天在 IG 開了一個帳號，開始放上自己的那些片刻，可能快樂、可能悲傷，然後發現那個角落竟然慢慢地聚集了一群暖和的人，和我的喜悲共襄盛舉，彼此撫平。

我們都是缺損了些什麼的靈魂，可是仍舊溫暖，
你們讓我的普通有了意義。

這讓我覺得這份相遇真的得來不易。「我真的很幸運可以遇見你們」，我常常這樣回覆讀者，這卻是我辦了這個帳號以後心裡最常想的話。

從個位數的追蹤，慢慢走到目前有三萬*追蹤，我沒有多大聲響、沒有多大本事，因為我知道這些相遇，都有著「成、住、壞、空」這四個在世上不滅的恆長，但我仍希望這麼普通的我，在心臟持續跳動時，能當個幫浦、馬達充進一些什麼在你們心裡。

我的文字一直不是太甜美而明亮的，
我常收到的反饋是：「讀妳的文字會很痛，但哭完就沒事了。」

然而對我來說這就是成長、這就是人生，
痛完就沒事了。

還是謝謝你們願意被那些片刻情緒撫摸，即便很痛，
謝謝你們喜歡不那麼明亮的我。

這裡只有一點光線、在夜裡的細小微光，
我把它撿起來，留給你們，也留給自己，
希望能照亮每個太暗的天。

最後，一樣只想說，謝謝你們，
由衷、由衷地謝謝肯給我一點目光的每個人，
謝謝每個經過或收下我文字的你們，
謝謝你們，讓我有了不同的自己，讓我有了幸運。

寫於 2018 年

* 目前追蹤人數已超過六萬

CONTENTS

輯一
清創 _受傷的人、瘀青的心臟。

輯二

流年 _ 像個拾荒者，撿起日常別人視線以外的瑣碎。

輯三

長夜 _ 替逝去，或終將逝去的，留下一些紀錄，與疼痛。

輯四
下巴 _ 收集愛、收集著溫柔。

輯一

清創

_ 受傷的人、瘀青的心臟。

被哪個誰治癒之前，得先承認自己的傷口。
直視它，像自殘式的消毒，用眼淚洗淨。
很痛吧？可是，那代表你將長出新的皮肉，新的勇氣呀。

1

如果不只是彼此的故事

當我們的執子之手，將變成未來某天別人不經意的茶餘飯後，
當我們以為不會再被丟下的一個角落，
又重新掛上了空缺的字樣，
當你我都牽著新人，我們都變成了彼此的故事，只是故事。

這是第幾天哭著醒來，我已經記不得了。

你不讓我睡著，因為我的執著決定在這個時候，
想著那些我不想多想的事，儘管明天我還要早起。

有時候悲傷的細節太瑣碎，就會一股腦地從胃裡翻騰。
輾轉從眼裡吐出來的那股燥熱，每每在經過心臟的時候，
傷心就會被重新加熱，再沸騰一次。

離別的話是深是淺，已經不重要了。
反正就是不被要了。

我一直在想著，在當初你說要的就是我，

到宣告我將不會出現在你未來的這段時間，

是不是在哪個轉彎，我晚了 0.1 秒跟上你，
後來你就不想再牽起我了，所以換來這麼果斷的離別。

還是我們的開始與結束，
在右上角的標示裡一直被填著意外，而不是既定。

這樣的後來，是不是之於你的生命來說，
我沒有走遠，卻也沒有可以再走近一點。

所以每當晚天將至，在所有人都酣睡的夜裡，
我包緊的那件棉被，稜角就會顯得格外銳利，割傷我們的可能、
我的肌膚。

悲傷都是自私的，揮發它的成分，壓縮你的好，與好起來的可能，
然後，在這種不需要跟他人辯解的時候，你好嗎？
你的不好，總變得特別赤裸。

我們要怎麼騙自己，自己已經好了。
所以當不能說服自己的時候，就不想拿離自己太遠的話扔向
別人。

我不好啊。

當我們的執子之手，將變成未來某天別人不經意的茶餘飯後，
當我們以為不會再被丟下的一個角落，又重新掛上了空缺的字樣，
當你我都牽著新人，我們都變成了彼此的故事，只是故事。

當我們連自己都安撫不了自己的時候。

然後當你看見他親口告訴你，
他的以後，最理想的不是我的我們要。

睡不著的人啊，你可不可以告訴我，
尤其在你不讓我睡著，不讓我停止掉淚的夜裡，

你告訴我，到底還要輪迴幾次，
我才能踏進屬於我的容身之處，不再需要被離散。

你到底還要我花多少勇敢，去買一個痊癒。

尤其，當你都無法治療我的時候。

2
白開水

我們不曉得變得更好，能不能遇見更好的人
但你很好，此刻很好，我希望你知道。

現在淩晨 2:24。
別人都說她不是個可愛的人。

下著雨的午後，我和她約在捷運站碰面。
她是 Q，有著浪漫細長的雙眼皮和眼睛，小麥色的皮膚，俐落的歐美妝容和一頭及肩烏黑的浪漫捲髮。

天氣有些冷瑟，灰褐彌漫的天空，透著一層層的稀薄光線。

高挑豐滿的她站在車站前，撐著那把透明的傘上綴滿了雨滴。
她穿著灰色運動圓領大學 T，和一件運動緊身褲，背著一個俐落的小方包，修長健美的腿踩著簡單的白色跑步鞋，手上擦著深紅色的指甲油，像是在赭黑夜裡雪藏的紅花。

曲線啊、性感啊，歐美運動女神什麼的都是可以在她身上的形容。

「妳讓我等超久。」她挪動她擦著深棕色的唇瓣，對著姍姍來遲的我說。
「最好的總是要等久一點啊。」我笑著拍了一下她的屁股。
「最醜的啦，我超餓趕快去吃飯。」然後勾起我的手。

說到這邊，忘了告訴你們最近她失戀了，對象是已經論及婚嫁，交往六年的男友。
跟她一樣是運動型的OUTDOOR男孩，當初花了半年多追到她，卻花了不到半小時讓她心碎，只用了一個丟在她們家垃圾桶裡，已經用過的保險套，和他手機一則「寶貝我到家了，好想你」的未讀訊息。

她沒有哭，好像哭甚至是不被她允許的。

在分手的當天我接到她的電話，她告訴我，他說她太煩人、不可愛，
說她看到那個女的IG了，她留著一頭黑色中分切齊的直髮，
是有著鼻環，穿著黑色背心和皮寬褲的那類女孩。

然後前幾天，他和那女孩在FB掛上了「穩定交往中」。

「都什麼年代了還有人在用那個。」
我們走在濕漉漉的街上，右手邊的店家在門口掛上了小燈泡。

我看著她的側臉，直挺的鼻子與一如往常的可愛臉蛋，沒有難過的聲息。「我就是不可愛就是不會撒嬌。」但我知道這代表什麼，「可能……我真的沒她好哈哈。」我看向她勉強地笑著的嘴唇。

是啊，印象中從來沒看過她向哪個戀愛對象透露一點軟弱。

她的溫柔很輕，卻很緊密，像是融入在別人生活的每個小角落，讓時鐘能正常擺動的小齒輪，讓日常更輕鬆安穩，卻不是會特別被提出來讚頌的那種。

例如，她會在他沒時間吃飯時，做一份他前幾天說想吃的食物，坐了好幾站的捷運，走了些路到他上班的地方，就為了換來他飽足的笑容。

為他精心策劃每一次的生日，花了自己數個月的旅程和特休，幾年來卡片與他最需要的每個禮物從來不缺席。

他熬夜的時候，她會對他生氣。

他出門不帶傘，淋雨後感冒，她會著急地督促他看醫生，
然後照料他的每一餐，即便自己正在經痛。

例如她不在他身邊忙碌時，她會在他上班休息時間特別聯絡他，
要記得吃藥，多喝水不能喝冰的。

提醒他媽媽的生日要到了，或者在一個香港小開邀她到他的villa玩的時候，她只是看了一眼，就俐落地封鎖了小開的帳號，
然後滑著手機，挑想給他的衣服。

也許她的好太被需要，所以就不被需要。

就像白開水一般，從來都沒有烈酒來得迷幻濃烈，
卻默默地滋潤著每個輕捎，或緊擁過她的人。

他說她不可愛。

她的樣貌沒有改變，一樣常常美得讓人捨不得移開目光，但不曉得原因，
可能是這樣的天氣，她平常身上飄然著的那圈自信光暈，
這時候看起來，卻像隔了一層灰黃的薄紗帷帳。

「妳在這邊等等我，現在下雨我過去就好。」我們走進了騎樓。

她沒等我回話，突然丟下了這段字就穿過對街。
我看見她踏進超商，再踏出來的時候，手上提了一個超商塑膠袋。

接著她走向蜷縮在這個騎樓，倚靠在鐵門邊，
穿著短袖汗衫與黃色透明雨衣的矮小老人，那件雨衣已經滿是破洞了，
老人的頭上戴著已經毛線脫落的深藍色帽子，雙手環抱著自己微微發抖。

包括我，這個街上除了她，好像都沒有人發現這個老人。

「阿伯這麼冷你怎麼穿這樣。」
她一邊說一邊從袋子拿出一瓶熱奶茶，和一個已經微波好的便當。
老人看起來很不好意思，頻頻對她微笑。

「這個給你，裡面的衣服你再看看，去捷運站廁所換哦。」
我看見她笑著將袋子遞給老人，裡面裝著兩件發熱衣、一件厚實的雨衣，
以及兩雙襪子。

昏暗的城市裡，稀零稀落的雨滴濺在柏油路的水窪上，馬路上閃著紅綠燈，映照在滿地的雨漬，像是幾條歪斜的鯉魚在路上游離著。

總是這樣，即使整個視線範圍內都是黯淡的，但是在她身側，卻像能看見幾抹和煦的光亮。

我知道她只是暫時忘了自己，在被太熟悉的人否決了以後，就像硬是在心上被撕了一層皮肉，覺得自己好像赤裸不堪，反覆瘀傷又再被捶打地疼痛著，卻不知道怎麼還手。

「妳很棒，是他沒福氣。」
她與老人道別後，我們兩人給了老人一千塊。

繼續前往餐廳，在一個轉彎的街巷，我小聲地說了這句話。
「妳說什麼？」她將頭湊近了一點。
「我說妳很浪，他應該放棄。」我笑著說。
「靠。」她也笑了，然後她勾住我，「我知道，我有聽到。」
她低下頭，將沾在衣襬的水漬拍掉。

我看著這樣的她，身上懸滿柔軟，倔強地不願意用言語吐露，但在舉手投足裡散落的，淨是愛。
飯局很開心，像是從來沒什麼大事來過，她一直都笑著，但後來她在店門口等我上廁所出來時，我在店裡透過透明玻璃看向門外的她，她正不斷向上滑著一個對話框，而對話框上的名字，是他的。

後來送她進車站前我輕輕地抱了她。
「三八喔，我沒事。」她說。

「我知道。」

看著她走進車站的背影，強壯卻又單薄的姿態，讓人看了很不捨。

於是那天回家後，我在社交軟體 PO 上了我們的合照，並留下了這段文字：

Q，因為妳太可愛了，所以不需要有其他人的可愛。

也許世界沒有在這個時候，將妳的手交給一個能夠陪妳看各種夕陽的人，可能路途搖晃，晃動著人世婆娑，牽動妳的不安。所以妳的理解總是不被理解，而妳的笑總是為了別人需要。

但妳知道嗎？
因為妳的體貼與美好，都是他人的觸不可及，那都是一朵朵承

載著澄明溫柔的曇雲。妳知道的，世界擅長把人分群、分類，它總會將妳送到那個，能牽著妳到日暉垂幕，然後再抱著妳看漫天星墜的人。

在那之前請相信，儘管萬户千門的非人辜負著妳的溫柔，儘管必須換過好幾個輾轉難眠的床，重新熟悉好幾個陌生的體溫，即使好幾次的哭著吼著，卻吼不進眼前人的心裡，但在這個世上，總有一處會將妳的美好盡收眼底，

因為我們總會吸引到，與妳有同樣姿態的存在前來。

然後他會靜靜地等著，那個在跌跌撞撞以後，總仍堅強地站起來，越來越完整的妳。

等著妳笑著走向幸福，走向他，也走向更好的自己。
我知道很辛苦，但謝謝妳願意好起來，
也謝謝妳每一次為了再好起來的勇敢。

——致所有不可愛，不那麼會撒嬌，不那麼容易示弱的白開水。

3

那些都不是你

如果我能夠再勇敢一次，

吞進我的眼淚和悲傷，然後再站起來擁抱你。

那些別人嘴上說起來庸俗的緣分，還是把你帶走了。

現在早上 6:40。

淡藍色的光線沿著窗簾透進來，本來以為逃進睡眠就能忘掉，

後來還是被回憶和悲傷叫醒。

幾呎大的房間，黯灰的日光灑在我的眼皮上，像是要我睜開眼看看這些事實。

我們不是好好的嗎？為什麼會變成這個樣子。

搞砸事情的人總這麼想，即便觸發結果的理由不是自己。

說好一起到冰島的旅行，如果一切沒有變，

如果我能夠再勇敢一次，吞進我的眼淚和悲傷，然後再站起來擁抱你。

這個早上，也許我的淚水能躺在你懷裡，能安靜地在你胸膛裡啜泣，
就不需要這麼多的衛生紙來撐起我的不堪，

也許還能把一部分脆弱的我掛在你身上，儘管這麼脆弱的我，
是你一角一角撕開的。

我知道，所有悲歡離合只是花開花謝的定律。
我知道，你會離開的這個後來，
在我們相遇之前，在我們的前幾輩子也許就注定寫著失敗。

可是為什麼在我們都還在的這個世界裡，
在撥通電話，就能被接起的日子，我卻得刪掉我最想記起的電話號碼，需要隱藏我最在乎的那個對話框，只為了換一個更好的我，和我們。

那個被碾碎的我，擰落回憶來祝禱的我，已經破掉了，
每一個碎片都還在哭喊著你，和我們，而不是我，也不是更好的我。

我睜開腫脹的眼皮，經過鏡子的時候看著眼球滿布血絲的自己。

打開筆電靠在米白色的牆上，感受牆面的冰冷和我分了你一半

以上的體溫，
淚水在我臉上竄流，我想那是你給我的，

那是僅剩的一點屬於你的呵護，可是就快被我弄丟了。
快好不起來了，已經好不起來了。

像被吞進肚裡又被推擠出來的心臟，瘀青卻還是固執地鑽進那個死巷，
倔強地碰撞著那面高高大大的牆，我一直讓自己骨折的勇敢胡亂拼湊，

然後繼續跳著、撞著，因為我一直覺得你就在牆的另一邊，
只要我撞破了，或跳過了，你就會在那裡笑著抱住支離破碎的我。

當你對我說：「離開妳，我不會變得比較好，但妳離開我，妳會慢慢變得越來越好。」

可是當支撐我的好，已經不是我了，
當那個被你的溫柔建起來的鷹架已經被拆掉，
而我還沒有把自己拼湊好的時候，我又該怎麼變得更好？

我無法原諒你，可是我又放不下你，就像電視劇上老套的戲，

寫了再多也離不開男女主角的劇情。

為什麼沒有了對手戲的對白，我還是能讀得撕心裂肺。
別人口裡放著的長痛不如短痛，都像是我再也好不了的傷口。

當然，後來的這幾天，太陽還是照時間出現，照常隨著軌跡下墜。
他們說要帶我出去散心，我以為自己準備好面對沒有你的世界。

儘管他們對我再溫柔，儘管他們的好都很好，他們都對我很好。
可是他們有多好，儘管他們都知道，我需要的那種好。

就算他們有多好，都不是你。
他們也不會知道，我要的從來不是最好，

因為所有的最好加起來，都不能換回那個你，
我也忘了，其實我要的不只是已經做回自己的你，
我還在貪心地，渴望著我們。

4

再見，如果再見

時光是會消磨人的，只要一不留意就帶走珍惜，
留下不知好歹的日常，留下那些不被正視的習慣。

他已經變成他了。
在那個下午，那張床上，他選擇成為自己的時候。

——我本來就不是那樣的人，我是為了妳改變，但後來我覺得很累。

我發現我是那種人，捧著期望值去碰撞那些符合與不符合。

像看一場不適合自己的電影，
遮著眼睛，用指縫間的視線去挑選自己喜歡的部分。

但很多時候，那些他，都只是我的他，而不是他。

那天，在那個明亮，卻雲絲繚繞的濱海公園。

在停車場。

穿著黑色短袖上衣，他在駕駛座眉頭深鎖，不回應我的任何話時。當我跳下車，看見他抽著一支又一支的菸去躲避我們。我抱著憤怒走遠，但還是在心裡期盼著他會追過來，用力地抱緊我的時候。

看起來蕭瑟的低溫街道上，一隻皮毛有著黑黃交錯的小狗，像是好奇般地湊過來聞聞我，然後又走開，

我好像漸漸明白，有一種情感只是知道了，
我知道了，而不是我理解了。

後來的二十分鐘，他的車跟在我身後一陣子，

當我拐過彎繞進巷子，再也沒有他的身影，然後再走些路，自己走過那些商家，我哭得脹紅的臉惹起一些熱心的路人關切。

回到我們的旅館時，我看見他早已抵達，在門外抽著菸。

在一片沉默的房間裡，電話那頭的朋友替我訂好機票，
我哭著躺在那張有著銳利潔白的床上，當我已經摔成一片片的懦弱。

比對我冗長的悲傷，跟濃稠的捨不得，那個時候，我變成了這張床上最不堪的污漬。

當把我推出懷裡的他站起來，開始收拾行李，毫不猶豫地打開門準備離開，
我呼喚他的名字，他扔下一個空洞的眼神，下一秒就關起深綠色的大門時。

儘管後來他還是回來了，回到我的這張床上緊抱著我。

那個冷空氣流淌著的房間，陽光不情願地照進來，把一切的邊緣照得模糊。

我想起穿著米色毛衣的我，緊緊地把自己埋在他的胸口，任由眼淚四溢，
哭花了的妝和粉底液在他黑色的上衣留下了污漬，

「我們，是不是沒有了。」然後他低沉顫抖的聲音在我耳邊，輕聲地問。
「嗯。」

「我知道我做錯哪裡了，我也知道我該怎麼樣變得更好了，可是一切是不是已經太遲了？」他用沒有抱住我的右手蓋著雙眼，

哭著對我說。

你知道嗎？儘管千百疊加的遺憾與捨不得在撫碰我，
但在我看見他走出門的那刹那，當他空洞的眼神裡再也沒有我的時候。
那個時候我就已經知道，我已經完全失去他了。

我們在純白的床上無聲地擁抱著，是混濁的灰色。
我哭著告訴他雖然結束了，但我仍謝謝他曾經愛我，然後再也沒有更多的傾訴。

他告訴我，該出發了，
把我推開他的懷抱，告訴我他沒有辦法送我到機場。

我拿起那個袋子，裡面放著我們的情侶拖，取出了我的那雙。
把藍色的行李箱收拾好拖出門，靠在門口的牆壁上不經意回頭時，看見他漠然地靠在床頭。

我轉身重新走進那個讓我快要喘不過氣的房間，坐在他床邊，靠近他的臉，輕輕地摸著他的臉畔，那裡頭裝著我猜不出來的表情。

「你一定要好好的，知道嗎？」我又摸了一次他的左臉，觸碰他的沉默。

「謝謝這兩年你愛我。」然後我淡淡地吻了他的臉頰，「再見。」
我走出門外，關上門。

站在門外的我，聽見房裡他的痛哭失聲。

時光是會消磨人的，只要一不留意就帶走珍惜，留下不知好歹的日常，
留下那些不被正視的習慣。

我們都是需要空氣的，但總是忘了空氣本身也是一個獨立的存在。

我們都只是被消耗著的氧氣，忘了留給自己一席之地去換氣，
就呑呑吐吐地趕緊分泌那些我們認為，他們的必要。

你是我的低血壓，我總為了你要心臟使勁地跳動，
儘管你從來不把自己輸送到我心裡的那幾個角落，所以我的手腳冰冷。

可是後來我才明白，
不管我的血液循環遲緩，不管我燥熱的眼淚仍暖不了我的身體，

那些指端末節的寒冷，

在你還不願意低下頭輕撫我時，

原來，都與你無關。

5

我的快樂，然後長出悲傷

我又被回憶綁架了，它們劫持了睡眠，
繼承下當時的情緒，逼著我咀嚼。

那是下著雨的天，我們坐在他家樓下公園的石階上。他穿著刷破的牛仔外套，一件搖滾樂團的的帽T，和黑色長褲。

我們撐著一把傘，把可能感冒的寒冷當作浪漫，路燈的光線隨著雨滴灑下來，像焊接時的火花那樣，雨看起來很銳利。

地板上爬滿了水紋，我們坐著的石階上也是。
水滴滲進石階表面的紋理，鑲進去再反射水光。

「妳拿一下傘。」他對我說。

他把坍落在腳邊的7-11超商塑膠袋提起，袋子表面的皺摺盛滿了水漬，
粗糙地把裡頭裝的瓶裝啤酒握在手裡，試圖用已經鈍掉的開罐器，一次、兩次的扳開瓶蓋。

這片遼闊的靜謐被割破，用清脆的聲響。
然後在第三次，他終於把瓶蓋扳開，啤酒瓶發出微微的氣泡聲，
被扭曲的瓶蓋彈了幾下，掉落在已經浸濕的草叢裡。

他坐回我身邊，把啤酒瓶放在身側，拍掉手上的水痕後把雨傘
拿回去，

拿穩雨傘之前，他用左手撥開我已經被水浸染的髮絲，把它們
勾進耳後，然後溫熱的手捧著我的右臉，稍微側過身，低下頭，
他的唇在我唇上留下深深的烙印。

一片靜默的後來，只有他吞嚥下啤酒的聲音，還有我轟隆作響
的眼光，落在他的身上。

忘了在哪個睡不著的晚上想起這個畫面，
似乎還能能觸碰到那個冬天的冷空氣，還有透著光亮的雨水滴
在指尖上，

能刺痛人的冷冽，跟那樣無懸念的晚天，好像陽光全被吸走了，
再也不會回來。

「我直說，妳比較不會痛。」

你別說。

「我跟她沒有開始多久……」

別跟他們一樣，拜託。

「我們早就不適合了，妳知道的吧，我也不想傷害妳。」

閉嘴。

我在心裡吼著那些還手的話。

這些對話像是一首洗腦的流行口水歌，
爛又讓人煩悶，但我就是忘不掉。

我知道我又被回憶綁架了，它們劫持了睡眠，繼承當下的情緒逼著我咀嚼。

睡不著，就像離開你接下來那幾天，負面常常在我睡不著的時候來見我。
眼皮像是綁了刺的薄膜，眼前被雜亂的枝椏盤根，我的眼球就是它們的家。
每張開一次眼睛，就給了它們滋長的養分，

啃食我的睡眠，讓不安茁壯。

漫漫長夜，就像分娩的痛苦，
身為它們的母親，只能任由那些不得不慢慢吃掉我。

我，還有我的快樂，然後長出悲傷。

我一直沒有讓誰知道，他走了以後，我覺得我就像那個瓶蓋，
在不被需要以後被毫不猶豫地扳開。就像那個晚上，我和那個
瓶蓋都浸泡在水裡很長一段時間。

心臟變得乾癟，彈性疲乏地垂了下來，因為本來塞了好多他。
一次又一次，就這樣越來越鬆弛。

所以接下來與其他的每個他們道別，我都不會輕易地被掏空，

因為後來，我再也沒有能被填滿過。

我知道人都會痊癒的。
可是那時候只是曉得，並不期盼哪一天能趕快好起來，

所以在這個晚上，在我想起那些離散，
不會再流淚的時候，在離那個我的很久以後，

我才知道感情到後來，都只不過是情沉緣輕，也就像是不小心觸發的視窗，或者只用食指左右滑動的交友軟體頁面的一頁流年。

來時不必狂喜，走時不必悲傷。

因為我們，只不過是在這個時候湊巧提筆寫在一塊，
讀完這頁，然後下頁就分道揚鑣。

所以睡吧。

睡吧，
何必為那些你失眠呢。

6

最溫柔的疼痛

如果不承認自己受傷，

怎麼幫自己清創。

那天，在已經染成墨黑色的晚天，我衝到她家，

把一直說不難過，卻已經好幾天沒有消息的她從床上拖出來、

坐上計程車，

總是把房間打掃得不留一點塵垢的她，還是堅持完妝才出門。

眼睛哭得很腫，我們坐在海邊的堤防上，

聽著她的心碎，和海浪的低喃。

那天的空氣很澄澈、有點灰，有些涼意。

已經沾濕了的髮絲，被海風風乾，在她腦裡的某些片段開始之後，又再被淚水染濕，

就像旁邊被拍打上岸的浪花和沙粒堆積。

我一直都沒有說話，她也是。

她穿著白色短袖上衣，一件繫了粗腰帶的高腰刷白牛仔寬褲。
她很美，即便眼淚拌著她的睫毛膏落在她臉梢，留下了痕跡，她還是很好看。

我們買了一手啤酒，以為這些能麻痺她對他的感知，才啜了一口，就讓她更淚流不止。

其實我沒想說話，也不想安慰，
因為我知道正龜裂著的人，無法像日常補妝那樣，撲點粉就能佯裝柔豔。

拒絕悲傷的人，就像沉進海底的石頭，即便被人使勁打撈，到了海平面也會向下沉。

「媽的我真的有夠狼狽。」她抹著正紅色的唇瓣開口低聲說。

看了她一眼，「早跟妳說這個牌子的睫毛膏不好用。」
我喝了一口啤酒，繼續看著海的邊界線，「但至少妳穿這樣看起來奶很大。」

她轉過來睜大眼看著我，「低能。」然後笑了出來。

我也笑了。

我們各自回家，幾個小時之後收到她的訊息。
「我超難過，這輩子第一次，像長了超大的爛痘那樣。」

接下來的幾天我沒有打擾她，想著大多的愛情不就這樣嗎？
在柔膩的甜分中總是包著一根釘刺。

那個早上我洗完澡敷著臉，用毛巾包住頭髮坐在床上翻手機，
滑著 IG，有一篇 tag 我的貼文，照片是那個晚上的天空。

痛死了，但我得把爛肉都扯出來才不痛，
其實現在跟前幾天比好像已經好多了。

 # 操你媽的愛情但老娘遲早會好起來
 # 我奶超大

我笑了出來，由衷的。

開心她面對她的悲傷，
而且知道她正在復原的那種。

7

摳不掉的痂

讓我們相聚，又哭著分開的緣分，

那些遺憾，什麼時候能帶我們真的抵達。

我拿掉他送我的銀色手鍊了。

今天把它平放在桌面上的時候，突然想起他幫我戴上的樣子，

他的笑容，

然後看見我手腕上曬出的淺色色差。

就像時光在我身上留下的痕跡，以為光陰只會沖淡任何事物，

才發現那些在某些時刻早就留下壓痕，或者污漬。

很痛，所以不去想。

本來以為能把悲傷一起從身上拿下來的，可惜沒有。

這個晚天沒有蟬聲，沒有月亮，連偶有的雲絲也像知道這裡哀

寂得沒有庇護所，

所以都到黑色的布幕後逃難去了。

今晚窗外的天色看起來更沉了。

我的胸悶沒有跟著桌上銀練的溫熱一起消散，但隨著銀鍊上漸爬上的冷瑟，卻一起沾到我的心裡來。

我想起人與人之間的溫度就是這樣的吧，總有一個人抱著滿懷的熱情，去抓住冰冷，
可是溫熱的那方到頭來，卻空著手的，連自己都失溫。

分手的當下一直都不是最痛的，最痛的是太過深情的人，
有著太多溫柔的情話，在與他離散之後擁著太多深情的思緒去過活，

於是生活著的周遭，任何一件小事都像他，都讓你想他，
連那些看起來不該是他的，都是他。

比如今天新聞報導著蘇花公路修整，你想起他對你說的，
他曾經走過從那條路能到的風景可以看到海，他說改天要帶你去。

比如那次你跟誰吵起來的時候，他二話不說擋在你的前頭，也擋著你的害怕。

比如經過服飾店，看見櫥窗裡一件適合他的衣服，準備打開手機按下相機拍給他看的時候，才想起他的新衣，和生活都已與

你無關。

說好要一起出國、要一起圓夢、他要改掉他的脾氣，這樣以後組成了一個家時才能讓你安心，也說好天塌下來都有他擋住，還有他對你說過的只要你。

可是他沒有說過，當他離開，那片為他而傾斜所以滲出了水的天，該怎麼辦。

沒有你的那些我們，又該怎麼辦。

只是不甘心自己投注的光陰，落魄終得蠟炬成灰吧。
我想起那句，已經流傳好久好久的話，
傾城春色，不過只是繁華過往。

不過是說了再見，就好像是有人突然撕下了你在這人世間的定位。

本來你認為你是：做著夢的人／某某某的同學／誰的兒子女兒／他的另一半。
然後忽然發現哪天你再也不是誰的另一半，你又是，又只是自己的一半。
那些所有彼此磨合的習慣，一瞬間都被省略，怎麼都不需要了。

可是留著的通話紀錄，好像還代表在哪個你看不見的時空裡，
那個你們還正笑著相愛。

分手到底是為了成就什麼呢？
床邊好像仍繫著他的溫度，還有你記得他粗糙的右手輕撫你左臉的感觸。
為什麼淌落在世上的雨滴，終究會被蒸發，離開本來以為能接住它的水窪。

而愛恨嗔癡終沒有一刻能靠岸，
我們總捧著寂寥愁思，讓自己的不安流離失所。
人總是笑著，笑著，又哭了。我們能握住除了片刻以外的什麼呢。

讓我們相聚，又哭著分開的緣分，
那些遺憾，什麼時候能帶我們真的抵達。

8

我適合最難聽的髒話

總在世界分崩離析時，才發現原來不給自己安全感的人，
原來一直是自己。

今天起得很早，胸口很悶。

躺在床上，閉著眼睛從床頭抓下手機，視線模糊地點開和他的訊息，
最後一則，依然停留在他昨天的憤怒字眼，和我後來的迷惘上。

我看見他在社交軟體上回了別人的留言，但就是沒有讀我的訊息。
才發現當你無條件地原諒一個人太多太多次，
對他來說，你的原諒就變得不值錢，你的人也變得不再珍貴了。

今天還要上班，可是我提早一小時就醒了。

我深吸了一口氣，然後逼自己從床上坐起來。

按開網路上的影片，想用影片裡那些人的吵雜熱鬧，蓋過自己的一點孤單的尷尬。

天氣很熱，可是不知道為什麼，有塊地方還是讓我覺得冰涼。

我是那種相信溝通能夠好轉我們的所有，所以即使他走得再遠，咆哮得再大聲，我還是會追過去、拉住他，

「可以再談談嗎？」「你怎麼想的？」「我們再談談好嗎？」即便這些說出口的話讓我無法呼吸，脹紅的臉已經缺氧得氣喘吁吁。

你相信那種不適合所造成的遺憾嗎？
可是我們明明都是能夠說話交流的物種，

張開口買包菸，和朋友家人說話溝通，開心的時候哼歌，
為什麼我們不能用言語，好好地輕撫那些疙瘩，
讓我們紋理平順、讓我們不會是遺憾，

不要遺憾得像上個戀愛那樣。

我看過網路上說的，如何放下一段感情。

1. 多陪伴家人和朋友

2. 刪除他一切的聯繫

3. 換個生活方式，例如上下班路線

4. 大哭

5. 等待時間

看著一項一項條列的方式，在此刻進到我眼裡卻像一條條罪名，都在訴說著這次又把自己過得多失敗。

我很失敗嗎？所以我們很失敗。

我好像終於理解那些失了戀的人想剪掉頭髮、換個回家的路線、認識一些沒見過的人、或者嘗試為自己買份不同的晚餐，那好像是因為，我們都不想看見在過去那段感情裡的自己，

或者不想讓那份感情，在還沒被時間理順的時候，抓著我們的脆弱攀上來，再住進心裡。

此刻的我想把他喜歡的長髮，剪得再更短一些，還有換掉我不喜歡的姓。

為什麼總習慣在愛別人的時候，又都忘了愛自己呢。
可是光想到未來他會愛著別人的樣子，我就愚蠢地覺得心塞。

還要不要繼續試試看呢，可是我的一部分好像被掏空了。

沒了，沒了就沒了。

本來和自己商量好界線在哪裡的，怎麼又弄丟了那條線，就在他沒注意到，或不肯注意到的範圍又狠狠把自己傷了一遍。

其實我們都不笨吧，沒有人是笨的，只是我們寧願相信他會變成我們心裡的那樣子，然後不斷地扯謊給自己，只要堅持下去，他就會不一樣。

從那些幻象攢來的不一樣，之於自己，眼前的他就能再好一些。

對嗎，總要在世界分崩離析時才發現，原來不給自己安全感的人，原來一直是自己。

你只是我沒有勇氣愛自己的時候，花一些時間換來的人，
而我希望你能代替我愛自己，因為那需要太大的力氣，去完整我想完成的樣子。

我們都是不負責任的人，不肯為自己負責，
所以希望任何情感上的骨折和脆弱都其來有自，

因為只要騙自己，有個原因，
那些瘀青撕裂大大小小的傷痕，就不是因為我們太懦弱、太幼稚、太單薄而增生。

因為只要騙自己，有個原因，
我就能在每晚睡不著，想要怪自己的時候對自己說：

沒關係、沒關係，
那都是你給的。

可是我怎麼不懂得愛自己了，
可是我怎麼就那麼犯賤呢。

9

給自己的信

我想謝謝我自己，因為我愛妳，

我想謝謝我自己的眼淚，

謝謝我自己的痛哭失聲和心碎。

嗨，我是 05 月 10 日，10:49 的妳。

我想寫封信給未來的妳，告訴妳我現在有多難受、多難過。

今天妳哭一整天，看見他傳來的訊息之後，妳以為他開始正視妳的悲傷了，結果傍晚妳才發現到他很開心地在拓展一些他想拓展的事，而他樂在其中，那裡面卻無關妳，也無關妳的悲傷。

他做完他的事以後，又傳來一封語調輕佻的言語，妳能感受到他現在正意氣風發，心情很好，所以可以這麼輕描淡寫妳的悲傷，然後好像勾勾手指妳就會回頭那樣，他覺得妳就像過去一樣。

我想告訴未來的妳，我好努力，現在的我很努力，

為了妳，我不走回頭路，因為我好害怕未來的妳，會因為我的

再次心軟而受委屈，我怕未來的妳會不快樂，會生活在自己不想生活的環境裡，受到不值得的對待。

我很愛妳，請妳永遠知道這件事情，因為愛妳，所以我現在很勇敢地哭著，心痛著，可是放心，因為我要保護妳，所以我不會再回頭了。

現在的我很懷疑自己是不是哪裡做錯了，是不是在一段感情裡面太溫柔了，太過於善解他的疏忽，一次一次的放水，所以我才不被深愛、不被正視。

可是我想告訴妳，一部分的我也很驕傲我開始變得溫柔了，我正在很努力地調整我的柔軟，因為我想要當未來的妳碰見那個對的他的時候，能好好地愛著一個人。

我想謝謝我自己，因為我愛妳，
我想謝謝我自己的眼淚，
謝謝我自己的痛哭失聲和心碎，
謝謝自己願意從破裂的夢的斑牆碎瓦爬出來，即便我現在還沒站起來，但我知道未來的妳一定會站得挺挺的，因為我好努力。

我希望妳能抱抱現在的我，因為我真的用盡全力去愛一個我們想愛的人。

在他兇我的時候，我愛他。
在他在深夜裡看見我奪門而出，他也沒追上來的時候，我愛他。
在他對我罵了髒話的時候，我愛他。
在他在我正被別人攻擊的時候，還是控制不了脾氣地攻擊我的時候，我愛他。
在他做錯事情又跟我說乾脆分手的時候，我愛他。
在他看著別人的裸體的時候，我愛他。

這麼說吧，這是心裡的樣子，
在他把我的愛推倒，狠狠往我身上的那塊柔軟揍了好幾拳，然後過一陣子他冷靜下來，回頭笑著跟我道歉，要把我扶起來之後，我愛他。

妳知道嗎，妳很有愛人的能力，妳很柔軟，妳很善解人意，很願意委屈，這代表妳是個願意為愛付出，也代表妳是個會愛的人。

可是我現在要為妳跨出第一步，我要為妳做出妳一直忘了做的事，

我要好好愛妳，所以我要放開他了。

我可能還會哭好幾天，因為我要吐出那些傷口分泌的壞水，這樣未來的妳才會健健康康。

我很不甘心，為什麼他能這樣對我，而我這麼難過，每天都像在愛裡受折磨，我很害怕看見他愛上別人的樣子，想到就心塞，

可是因為我要開始愛妳，我可能暫時還會那麼想，但我也會堅強起來，為了愛妳不要去管那些會擦傷妳的事。

妳要知道，因為現在的我這麼努力，所以妳很值得被愛，妳一定是一個很值得被愛的女孩，因為我現在哭得這麼難過，我還是想辦法站起來。

我希望未來的妳過得好，可以更有能力照顧所有妳愛的人，是以自己的能力，去撐起妳想撐起的事情。

我希望妳每天都能活得漂亮，不受委屈，因為那些委屈我現在就受過了，我要妳好好的。

我希望未來的妳能碰到一個成熟，讀得懂妳的悲傷、能夠知道妳表情的微妙反應，卻不會不把它當一回事。
然後我希望他能不要錯過這麼棒的妳，因為我這麼努力，所以妳也要更努力哦。

我很愛妳，我從現在就已經開始愛妳了。
請妳不要忘了幫我抱抱未來的那個妳，不論妳現在碰到什麼事，
妳做得很好，因為妳已經走到那裡了。

因為我很努力地把妳送過去了，

所以別哭，
妳值得擁有快樂，值得擁有最好的。

有那麼一天，當妳身邊站著一個也很愛妳的人的時候，請別忘了現在的我，連我的份一起，用力地幫我好好地感受快樂。

然後答應我，為了更久以後的那個更棒的我們，
妳要繼續愛上自己，好嗎？

希望妳再也不會失眠，晚安。

10

還我

因為眼淚不是血，沒那麼隆重，也沒那麼嚴重，
所以從來不值得你心痛。

現在晚上 12:00，放在床頭的熱水已經涼了，
大家都睡了，只剩不甘寂寞的人，和窗外各種顏色的廣告招牌為了利益還醒著。

我在冰冷的鍵盤上打著字，沒有讓溫熱的眼淚停下。
這是沒有收益的，我透支成本地熬夜著。

這種情形已經出現太多次了，我以為他是和他們不一樣的，結果在他也把我的喜悲拋到很多個理由的後頭，

當他以為，他只是輕輕放下，然後像是什麼事都能下次解決地倒頭就睡，包括我，也不能是他此刻的必需。

當他以為這不痛嘛，
或者，他也還來不及想到我痛不痛，就急著滿足自己的所有

念頭。

而太認真的人總習慣看見自己摔下的姿態，每每悲傷沉得像萬劫不復的死亡，感覺傷口再也不能被結痂，快要站不起來的時候，

總有個聲音輕輕地在對我說
原來，原來他和他們都是一樣的。
原來他和他們都是一樣的，
只是你自己蠢得和過去一模一樣。

我不想相信，自己怎麼能又在一次感情裡經歷失敗，
話說回來，我再清楚不過了，那些總是被自己惦記著的，我們的以後，從來就都只是我自己安排的以後。

為什麼在我輕易就能看得見的空缺裡，他沒有填上我。
為什麼在我認為一切都會順理成章的很好，變得很不好的時候，
我又像偏執狂一再想起，和複習以前的那些笑容和片段，

我後來才想起，這些嚮往從來都是我提出的，我要，
沒有一次是他提出的，他要。

那些承諾，那些安全感和未來藍圖畫上的那個他，原來都是出

自我太狂妄的手。

我沒能抓住自己，以為你能替我抓著，
沒想到卻連搆著一部分我的你，都失去。

我們太知道被傷害有多痛了，痛得寧願從來沒愛過，沒和他遇見過，
所以總是扭著身軀去愛人。以為把自己蹲得矮點，再把自尊心和底線再捧得低點，他就能夠再合身地愛我一些，

我以為自己只要傷得夠重，能被消磨得更平，能夠沒有紋理，
等到無謂能帶走傷心，那天我就會放掉你。

可是後來，被磨平的我每次只要抹上了眼淚，身體就會單薄得，
像被扔在角落邊緣被撕破的紙屑，

沾上水，就更容易依附在你對我的垂憐和一時興起的溫柔。

你也有過嗎。

那種知道明明自己應該要放手了，
卻像是被下了什麼指令那樣，還是寧願相信，只要自己用力地

和他十指緊扣，抓到指尖滲血也沒關係，因為那總比自己一個人攀爬在陡峭的山壁，或總比自己縱身跳進谷底來得溫暖。

你快忘記自己以後，後來他就沒有很愛你了。

又或許是，因為他也不知道，你的愛會變得平坦，能夠容下他在上面恣意踐踏，當他笑著留下腳印，在你心上那塊畫下傷痕以後，你卻又在心上再長出一棵樹，只為供養他的鼻息，

而享受這些的人不知道，那都是你自己熬過無數個的失眠晚上，用眼淚絞擰，換來的從容和成熟，可是為什麼你那些哭著的溫柔，換不來他的理解，反而滋養他的自私。

他也不知道，在你的天真和刁蠻，被你放逐到愛他的邊界以外，你體貼地殺死了一切他的不喜歡的時候，卻也掏空了自己。

我們很笨對嗎。
總在同個欲海裡載浮載沉，每褪下了一次的磨難，
覺得幸福的時候，就在每寸肌膚和念想裡寫滿他的名字，

失去以後，那些在自己身上寫上的每個筆劃，

就成了為自己量身定做的悲傷，

早晚都穿著，
沒辦法穿暖，卻也脫不下來。

我好想知道，為什麼當我變得成熟，捨去一些不適合你的自己，安然地埋葬那些天真的自己以後，為什麼你不能也拔掉一些刺來擁抱我。

還是因為眼淚不是血，沒那麼隆重，也沒那麼嚴重，
所以從來不值得你心痛。

11

愛著時，先不要痊癒

這世界很簡單，受傷的總是用力的人。

習慣用力的人受傷後，就會開始對於所有期盼，都把筆觸放輕，

開始對所有嚮往輕描淡寫。

我看向窗台點著的菸，隨著空氣飄上來的白絲，

這個凌晨，天色已經暗得不像話，像是太陽再也不會循著月亮的痕跡攀爬出來那樣。

我知道我應該睡了，因為明天還有該辦的事情要辦，

就像我一直認為他是我生命裡的待辦事項，

可是後來我才知道，原來我可以突然不在他的待辦事項裡。

我是隨機的，可以被剔除的那部分，當他想把其他事情填進去這些空格裡的時候，

我的存在就不會是必須的。

我一直都是站在這個岔路等他的人，等了好久。

直到那個墨黑色的晚上，我們在同一張床，
當他安穩地沉睡著，我卻看見那些巨響，那些崩裂，那些讓我們不得不離散的事實。
就像我看見他走向我，當我笑著伸出雙手，準備擁抱他時，
他卻略過我，直接走向我旁邊的路，成為我眼裡的背影。

你的輪廓逐漸褪色，還有那些承諾跟未來。
灰黃的路燈拉長他影子的那部分，在我腳邊和視線裡變得朦朧，還有我的眼眶。

可是後來，比如在這個還是哭著醒來的早上，我好像越來越明白，

這世界很簡單，受傷的總是用力的人。
習慣用力的人受傷後，就會開始對於所有期盼，都把筆觸放輕，
開始對所有嚮往輕描淡寫。

於是現在的我把自己留給這個凌晨與這個街口，等著那個魚肚白的天。
等著天亮擁抱我，輕撫我的背，小聲地告訴我：
「沒關係，不要害怕。只是被丟下了，你只是被丟下了。」

這陣子睡不著的時候，我常常在想，不知道哪天我還會不會遇

見你，

成為人海裡的其中一個迷離，成為蒼穹底下的一粒石沙。

你不會多看我一眼，因為我已經不是你日常裡的必需。

也或許你會轉頭看我一眼，就像看到小時候的同學。

不知道那個時候，我會不會對著你笑。

不知道那個時候，我能不能分辨你的眼神，已經跟愛著我的時候不一樣了。

也許在更久以後的日子裡，你會牽著你新的對象，走進哪個汽車旅館。

你會牽起他的手，說出你本來告訴我要對我說的話。

然後漸漸忘記我們，

還有，忘記我。

你就像在偶然的日子，

被風攪起的那粒塵粒，掉進我眼裡，使我不得不流眼淚的存在。

所以為了代謝掉你，我必須交付一些眼淚，跟在流淚以前的心神，

好好地呵護你，希望你別割傷我。

可是比如在這個還是哭著醒來的早上，我好像越來越明白，

那個正在發炎的傷口也忘了痛，
像是我不必變得更好、要我不用痊癒。

要我在愛著你的時候，還不用痊癒。

12

彼此依偎，就沒有光害

能不能我們只是，彼此閃著璀璨的光亮，
在我們快樂的時候不會曬傷彼此。

記得你上一次失望是什麼時候嗎？
換句話說，上次的期待是在什麼時候。

我從衣櫃抽出那件白色圓領上衣，那是素色的，看起來極其普通的剪裁。

套上身的時候，猜想自己穿起來會是什麼模樣，
然後到鏡子前晃一晃，覺得還不錯，今天就穿著它吧。

然後在外出的過程裡，看到與我穿著相似的人走在路上，
剛開始覺得我們這麼不同，但併肩走久了，看見某些自己怎麼追也追不到的不足，
就會瞬間覺得，在鏡子裡的自己好像也沒什麼。

每份期盼都是一件白色上衣，後來我們在與別人交流的瞬間，

都會覺得自己不怎樣。

可是每個人都是這樣想的，他們都穿得一樣，所以自己好像又不是那麼孤單而懦弱了。

所以我們會把自己喜歡的樣子讓所有人穿著，然後去區分自己與別人穿著它的樣子有多不一樣。

把每個細微的眼光攢下來，當作用來好好地活在這個世界，好好地喜歡自己的藉口／和理由，合理自己的依據，所以慢慢地，每個人都握著各自，又參差不齊的價值觀，失望和希望，長得就不那麼永恆而絕對。

喜好是這樣子，截斷黑與白的延續，有了灰階與其他顏色，
我一直認為是這樣的，你可以做絕對的黑與白、可以做各種姿態的顏色，
甚至你可以把自己長成一道飽和度不高的彩虹，或者是鮮豔的無彩度色階，

但前提是，你不要把色彩暈染進別人喜歡的樣子，不要給別人帶來不喜歡的影響，
當你決定做自己喜歡的模樣時，那就好好地塑形，但別在你幹的事情裡，把想成為別的模樣的人也捏了進去。

這才是純粹理解彼此的不同，成為每個被光影折射各自有著模樣的存在。

當世界太讓我們失望，小時候以笑容與單純的喜歡，就能換到快樂的方式已經不管用時，我總會想著那些細小的呢喃是不是能夠更簡單些，而在我們或別人心裡悄悄長出的壞心眼，是不是能再少一點。

能不能不要有比較，可不可以跳過輸贏，以及因為羨慕而長出的嫉妒，
因為嫉妒而失去的每個快樂，與每個稍縱即逝的情感片段。

能不能就只是，理解彼此的不同，不要把自己的衣服硬讓人穿著，
也別套進別人的衣服希望自己能夠比誰更好看些。

能不能我們只是，彼此閃著璀璨的光亮，
在我們快樂的時候不會曬傷彼此，

然後當心臟變乾癟細瘦的晚上，
讓人與人之間彼此依偎，也沒有光害。

13

誰的那塊肉

你是我心頭上的肉，
所以即使偶爾發炎了，我還是會小心地放著。

我又睡不著了。

你知道嗎？很多時候我都會去想，這個時候也是。

面對我們的爭吵，如果今天是世界末日，
明天我再也不能感受你的體溫，或者明天你將不存在我在的世界，

當我按下最熟悉的電話號碼，那端將是無止境的空曠，將不再有人接起的時候，
那些爭吵就都不重要了，那些刺傷我的話也就像螞蟻咬，
那麼細微，我就很害怕不去愛你。

可是我想，這隻被你牽著的我的手，只要熱了一點，或冷了一點，

你就會隨時鬆開手，要我自己調節體溫再牽上你。

當我的手的溫度降低，不被溫暖的時候，我開始學會穿得很多很多，即使穿這麼多很重，讓我重新跑向你的時候更顯蹣跚，好像有時候，喘得快追不到從來不回頭看看我的你的時候。

可是我想，你是我心頭上的肉，所以即使偶爾發炎了，我還是會小心地放著，用我不斷逼自己生成的快樂做成處方箋，去養，希望它有天能夠好起來，我一樣無法割捨。

即使這塊肉換了萬千姿態在我心裡張揚，有時候讓我疼痛，身形大得比快樂得多，
但那又怎麼可能啊，我怎麼可能割掉它。

只是螞蟻咬，沒關係。

可是好可惜，我不是你的那塊肉，

我不是你的那塊肉。
真的好可惜。

我好像從來，都不是，
也不能是誰的那塊肉。

14

失去的起點

我們帶齊了裝備，還有一張乾涸的嘴，
在每次聽見對方的聲線時，就像被雨水滋潤，在乾涸的沙漠長出了花。

思緒在身體極度勞累的時候，就會開始鼓譟，
比如現在我的眼睛痠澀，
閉上眼，腦子卻開始鬧騰。

我會想起過去的每段感情，到交往以後，不管對象是誰，
偶爾我會很懷念那個還沒交往時的我們。

熱戀中的人會用心篩過對方的每句話，挑出那個，從來沒長在以往生活裡的事情。

比如你喜歡吃番茄醬和 Brunch，但很怕番茄。
於是你在某個平凡的早上，會從我手上收到我們家巷口，那家很有名的碳烤三明治，但裡面不會有番茄，只會有多一點我為你記住的番茄醬。

但其實在你之前，我從來都沒到那家早餐店排隊過，我也不早起。

我喜歡我們把彼此揉進心裡的時候，曖昧時候電話上的聊天、看到對方的聊天訊息，就像在荒蕪的沙漠裡看到一處熱帶雨林。

於是我們帶齊了裝備，還有一張乾涸的嘴，在每次聽見對方的聲線時，就像被雨水滋潤，乾涸的沙漠長出了花，我們樂此不疲。

後來牽著你大大的手的日子，那變成在平淡的生活裡再平常不過的事情。

再後來，我們會放著彼此的訊息，等到閒暇時候再看。聽見對方喜歡什麼，也只是輕輕淺淺地放在腦裡，變成不那麼必要去完成的額外清單。

比如看見什麼新奇事情轉貼給你的時候，或者有些想和你說的話題的時候，因為想知道你的回覆，我不時查看紅色訊息通知，但在過了五個小時以上，都維持著還沒傳給你前二十三則時，我開始學會了轉移分享的對象。

我們吵架的時候不再激昂，所有情緒相較於當初交往時都略顯

疲態，
和好也變得不是那麼立即而必要的事，
談開、交流，也成了在沒事做沒話談時候的平凡話題。

因為太習慣對方，所以對方變成了在日常裡不那麼特別的事情。

後來你會發現，已經不愛的兩個人不會選擇以太快的方式分開，因為害怕銳利的舉動會損壞自己，但忘了其實長時間的慢慢牴觸，對彼此來說也是種惡性消耗。

奢侈的擁有，反而變成一把殘殺珍惜的刀。

有時候我會覺得，生活像逛著書架熱銷排行榜上的前幾名書籍，我們看著那些心靈勵志、看著那些如何邁向成功人生的步驟，一時興起會買個幾本來咀嚼，也知道怎樣的姿態才是我們嚮往的以後。

可是呼吸著空氣的我們，在吐納的過程裡，就把單身時想變好的我們，想有更理想的下段感情的我們，都隨著二氧化碳排出，流落到那些再也搆不著的地方。

於是等到一段感情被慣性消耗，我們都是失敗的過來人。

寵壞了自己的惰性與隨意，無聊念舊地把過去的自己也帶到現在，
就像永遠追趕著我們的那根刺，在我們停止向前的時候扎進心裡，
但我們總是懶得跑了。

於是過來人變成當下的受刑人，失去應該珍惜的以後，再重新期許未來的自己學乖。

我想愛是這樣吧，

時光會洗清很多轉折裡藏的污垢、塵埃，
所以值得緊握的情感不怕磨難、不怕迂迴，

只怕苟且相待。

15

你不用跟著網路語錄急著好起來

和無止境的、廉價的喜歡導致的空虛比起來，
你把愛擴充在心臟，流失以後，
那些形狀都是自己的，而你也能放更多愛進去。

後來你常常會在網路作家分享平台上，分享那些愛自己、要清醒的標語，像是每個已經被傷過的人立起的旗幟，也像是照樣造句。

主題是：要……才不會
而大家的答題都變成：我們要不用力愛，我們才不會受傷。

可是親愛的，你不曉得，

那些哭到淩亂的髮絲沾在臉畔，看著他或她的訊息是否已讀，翻著限動觀看名單裡有沒有他，走到哪裡都感覺世界在隱晦透露著你不該放開他的錯覺。

也許，真的是錯覺，但你不覺得那樣無法被速食感情替代的羈

絆，那些打從心底投射在你愛的那個人的目光，你看著那樣的自己，會欣然地和自己說，至少我們愛過了，我們仍有愛人的能力。

就算每一次追逐都會丟失一些自己，但就像風箏的牽引線那樣，往上飛一點，往回拉一點，那樣的姿態，你有多久沒見過了？

我想說的是，我不是要你百分之百地去愛恨一個人。

但和無止境的、廉價的喜歡導致的空虛比起來，你把愛擴充在心臟，流失以後，那些形狀都是自己的，而你也能放更多愛進去。

如果可以是那樣，
親愛的，流著眼淚的你，也很美。

16

與自己和解

真正的與自己和解，
是你明白，此刻沒有人愛你，
你也不需要搞懂大家說的愛自己。

真正的與自己和解，是你明白，此刻沒有人愛你，你也不需要倉促地搞懂大家說的愛自己，但你可以在生活的細碎裡，獲得一點開心。

比如搭車時，最靠左邊的那個座位是空的，你知道它在等你。

比如上班路上，你看見一隻狗狗在奔跑的路上，回頭看了你一眼，
你會知道，這是你們好幾輩子前做好的小約定。

比如你離開了某個人，身體還是很有義氣地陪著你，努力地呼吸。

比如藍天白雲，比如風雨，比如陽光，

都沒有在你不相信它們，不相信世界的時候落下你。

比如快樂，是你在平地升起的一座神廟，
你可以是唯一的香客，

要得到祂的庇佑，甚至不需要供奉，
你只要，虔誠地相信。

17

成人的轉身

這個畫面你喜歡也好，什麼畫面都是美的。
可能的快樂是美的，所有大家嘴裡的電影劇作，
那些七零八落的遺憾也是，很美。

我們都以為彼此是對的人，但好像不是，
他本來也說我們是，看來我們都錯了。

所以我寫下這封永遠都不會被看見的道別信，
跟他道別，跟誤會的自己道別。

可能是經期，也可能是看了太多書，我這兩天一直在想關於選擇跟注定之類的關聯，哪一邊的比較過重都會失衡，然後改變結尾。

也突然想起你跟我說的我們的顏色，到底真的是那麼珍稀，還是只是一時興起的話題。

覺得人與人之間很奇妙，剛開始會不斷地尋找平衡和共同點，滿心期待地去遷就或磨合，但好像越過了那個界線，像翹翹板一樣，哪方在高處太久，另一方就覺得下邊的自己也想去那看一看。

不曉得。

本來覺得應該很被珍惜的事或緣分，在憤怒或一時情緒下都能被淡化失焦，然後模糊本身變得才是主體。

但也或許當你的鏡頭，終於挪向你認為該被珍視的主體上，就不會想再用其他很縹緲的事物讓那個畫面不斷被變焦。

但沒事。

這個畫面你喜歡也好，什麼畫面都是美的。

可能的快樂是美的，所有大家嘴裡的電影劇作，
那些七零八落的遺憾也是，很美。

18

妳在戀愛，不是競賽

妳本來就是與眾不同的，
所以在任何除了工作以外的感情裡的席位，
妳從來不是被取代，妳也沒辦法被取代。

寫作以來，一直都會收到很多讀者的感情問題私訊，多半都圍繞在為什麼另一半會劈腿，是不是自己不夠好，另一半喜歡的那個人是不是比自己好。

我只想告訴所有女孩，2023年了，這是個全新的時代。

無性戀者、同性戀、泛性戀，這些以往被大家視為不正常的人類情感，之所以在現代會被逐漸普及化，是因為我們重視的是「人的本身，生而為人」，而非「我們生下來注定成為什麼」。

世界在進步，就是不斷地淘汰掉舊有思想，這是個所有女孩能夠盡情發光的年代，Fendi今年推出了大碼服飾，高矮胖瘦都已經不是美的定義，更不用說職業或身分與性別。

我們可以成為家庭主婦、但同時我們可以成為老闆、成為科學家、成為商人，我們可以努力地爬到所有我們想抵達的高度，只要妳想。

妳可以成為別人的附屬品，但妳也能夠海納百川。

所以當妳因為對方的不自律而落入「這個女生到底哪裡比我好」圈套的時候，請打醒自己。

妳在進行的是一場戀愛，妳沒有在參賽，妳不需要證明妳比哪個同性更好更漂亮，因為每個女生都是獨特而美好的。

如果妳夠認真經營自己，妳就已經足夠美好。

一直很喜歡香奈兒講的一句話：妳想要無可取代，就必須與眾不同。

但妳本來就是與眾不同的，所以在任何除了工作以外的感情裡的席位，妳從來不是被取代，妳也沒辦法被取代。

所以未來當妳又不小心進入這個別人打造的同性競賽，請對身邊這位女孩保持禮貌，
請站起來然後離席。

如果妳碰到哪個習慣出軌、習慣劈腿、習慣欺騙的人，那不是因為他是哪個性別、他有多少本錢，他有多少的審美，而是因為他的不自律，他尚未進化完成。

妳已經長大了，妳必須清楚知道自己要什麼，妳要充實地生活，認識讓妳快樂且有趣的人，自愛，自樂，然後期待遇見跟妳同頻的美好存在，

而不是以為愛是妳必須努力奪得的獎品。

不是那個讓妳戰戰兢兢，消耗妳的美好，
愛而不得的人。

19

一些待修復的病

上午 12:29 你知道 我曾經在書上看到

上午 12:29 焦慮型依戀的人
都會不斷地把對方推開 反覆這樣來回
只是為了確認對方不會離開自己

上午 12:29 後來我發現我一直在對身邊的人那樣

上午 12:29 我今天很想姊姊 然後身體不舒服

上午 12:29 一個朋友找我 我跟他說我很無聊

上午 12:30 他說他陪我聊天 後來我發現聊不到什麼

上午 12:30 後來他跟我說 還是你去看影片 聽音樂

上午 12:30 就連這麼細微 沒殺傷力的事

上午 12:30 我都覺得自己被丟下了

上午 12:31 好討厭這樣的自己
對天氣的變化也敏感

上午 12:32 我跟他說好 然後我就把它刪掉了
跟瘋子一樣

上午 12:33 但那種害怕跟孤單總是突然襲來的
我總是那樣 不容易喜歡人 可是喜歡了就會像抓到浮木那樣

上午 12:36 我的約會對象都說我渣

上午 12:36 但其實我真的是太害怕了
我覺得 我都不喜歡這樣的自己 我也不覺得有誰會真的喜歡

上午 12:37 看到我不好笑 自卑 神經兮兮沒安全感的樣子

上午 12:37 很努力克服了可是還是做不到 雖然大家也都沒發現
我沒有逃避型人格

上午 12:39 但我就是很害怕

上午 12:39 你知道我已經好幾次
對方在很愛我的時候我就把自己關起來

上午 12:40 因為他們一些不經意的舉動
都會讓我覺得他們已經不愛我了

上午 12:40 真的好討厭自己這樣
例如這些年在追我的對象吧

上午 12:42 我在這麼沮喪的時候
我不會像這樣子跟他們講

上午 12:42 我會很需要被保護 可是我不會讓他們知道

上午 12:43 然後當他們試著要理解我 或者是還在思考的時候

上午 12:43 我就會把他們推得遠遠的 一方面擔心他們離我太近

上午 12:43 一方面又希望他們離我近一點
我昨天跟我老家鄰居爺爺聊天

上午 12:45 他跟我說

上午 12:45 你不要自卑呀 你很棒 你看你把家裡照顧得那麼好
事業什麼的

上午 12:46 你不要因為害怕失去所以很自卑

上午 12:46 但我一點都不覺得自己棒 尤其在這種時候

上午 12:46 我知道沒人幫得了我

上午 12:46 可是我也幫不了我自己

上午 12:47 每一次豁達樂觀個一陣子 感覺自己終於活成自己喜
歡的樣子了 就又進入隧道

上午 12:47 好矯情

20

鯨落

我從來不想過一盞燈，一段生命的緣分與永恆，

因為我知道，

從開始之前，結束以後，我就已經握有。

很喜歡鯨落這個詞。

初次遇見它的時候，是在花蓮市的圖書館，具體在哪兒已經很模糊了，但那時候，它被寫在一本泛黃的舊書裡，而那段感情之於現在也是。

這陣子的夕陽很不一樣，在散馨之前，遙望著海平面，會看見平常少有的粉色光暈，特別濃烈，

不曉得是因為人類在這陣子的休息導致空氣清新，又或者是因為上蒼的憐惜，讓本已經太過麻木，遇上隔離，停止了身體上的躁動，思想就無處保存的人們能多看看眼前的美好。

幾坪大的房子裡，晨起，到晚上看見睡了半張臉的月亮，我這

陣子一直想著鯨落的獲得與失去。

倘若每段消失的自己，之於當時的迷失和執著，都能分解腐化後成為泥壤，再催促新生，度過這段時間的我們，而後將會看見什麼呢。

我問著眼前的他。沒有那麼偉大，他說。

也許我們像星團崩炸那樣的分子，能夠飄散到每個人的生長軌跡上，但我們依舊沒能成為碩鯨那樣的存在。

因為我們很小？
妳理解我說的小嗎。
不是實質。
哦，是心理。

他笑了。

因為現代人的心態就像毛虻，對吧。
對。他用食指輕碰我的鼻子。
這就是為什麼我那麼喜歡妳。

很多年，他不在以後，我仍會想起這些分鏡，在我們已經很久沒有能踏出去以後，我開始細數那些我們，後來又長出哪些新的我們。

在幾坪大的空間裡感受幾年來的死亡、分食、腐化之後，我想我再也沒有懷疑，這些過程還能長出什麼，因為失去的我們，本就像鯨落。

我從來不想過一盞燈，一段生命的緣分與永恆，
因為我知道，從開始之前，結束以後，我就已經握有，

然後長出更多。也沒有再失去過。

21

最後的失眠

如果你看到這裡，我只是想跟你說——

把自己想像成是一道水流，
你是不斷向前的。

所以在過程你是什麼姿勢，
被怎樣地評論都不重要。

重點是最終你想要流到哪裡，
把目光放在哪裡。

因為你只來這一回，不要讓自己失望。
睡吧，加油，睡吧。

輯二

流年

_ 像個拾荒者，撿起日常別人視線以外的瑣碎。

在睡不著的深夜裡攤開看，
才發現這些細細點點，
發著微弱，
卻溫暖的光線。

1

我在這裡，你儘管長大

小女孩對她最愛的爸爸，
綻放她這輩子最純粹的笑容，
伴隨著清脆的快門聲。

阿公已經離開三個月了。

記得阿公走的那天，窗外的雨垂喪地飄零著。

我站在急診室旁等待晨起，無數的救護車和病床在急診室忙進忙出，

一個晚上迎接，也送走了多少的生命。

在這個分類裡，今晚我們是失去的那一方。

我看見急診室燈牌下簷漏的雨滴，淌落地面上的積水，
撥弄了一點映著急診室燈牌，白色紅色交織的漣漪，

開始，然後停止，一點聲響也沒有，
雨在這個漆黑的晚天裡一直都沒有停過，就像送行者低鳴的淚水。
而那樣的靜默，也是阿公嚥下的最後一口氣。

那天之後，阿公跟我們家的秒針依舊沒有停止向前推送。
看著媽咪喪父之痛，卻好幾個晚上也沒夢見阿公的頹喪模樣，我也無能為力。

對阿公的疼痛是沒那麼濃的，平時想起也沒有媽咪的椎心，只有一股淡淡的哀思，但每每在想起出殯那天，穿著全身黑的媽咪在火葬場的爐子前，先是冷靜地雙手合十，

然後，在工作人員告知要焚燒時，媽咪再也忍不住，
踉蹌地向前衝去抱住阿公別滿紙蓮花，準備推進火爐的棺材，

她把臉輕靠在那上面，兩頰旁的髮絲被浸濕，脹紅的臉嚎啕地大哭著，

然後一次又一次地喊：「爸，多謝恁這世人來做我的爸爸，我的爸爸，多謝恁。」
接著失落地跪在地上對棺材磕頭。

當我扶住媽咪的肩膀，她無力地靠著我，
看向火爐，緩慢地我對我說：「等一下，這輩子我就沒有爸爸了。」
棺材前的爐子閘門被打開，冒出紅橘色的火光。
那個盛滿我們的愛，與載著阿公的棺材被俐落地向前推。閘門關起，媽咪看著這個畫面皺起眉頭，眼眶再也承受不住淚水的重量，跪在地上崩潰大哭。

想到這裡，我的胸口就會開始悶痛。

這樣的日子久了，表面的傷口似乎被撫平，但媽咪還是會在應該睡著的淩晨坐在客廳一個人啜泣。「怎麼不來讓我夢呢……爸……」

記得是在一個會讓人手腳冷瑟的夜晚，我在夢裡看見阿公。
那是個中午，氣溫不高，但窗外的陽光很充足，從戶外透進玻璃門的凹凸面時橫射出點點的斑斕。

夢裡的媽咪在廚房忙著。
我從房間走出來，彎過轉角，看見阿公坐在家裡的灰色長沙發上，穿著深咖啡色的絨布外套，與有些厚度的黑色西裝褲、戴著短皮草反折樣式西藏暖帽，與閃著光影的銀邊眼鏡。

他把雙手交疊，輕放在身前的拐杖上，就是過去那個溫厚從容的長者。
我看向他凝視著的位置，耳邊聽見媽咪在廚房忙活的聲響，
後來才發現他深邃的視線，不偏不倚地落在媽咪的背影。

夢裡的我嚇了一跳，心想阿公不是去世了嗎？
媽咪這麼想他，要趕快叫媽咪出來。

正當我準備跑進廚房時，阿公轉過來看向我，嘴角含了一抹輕淺，卻溫暖的笑。
他沒有張口，我卻聽見他的聲音，

「噓。不要吵她，不用叫她。我只是來看看。」他對我說。
說完，繼續溫柔地看著廚房裡媽咪的背影。

醒來之後我撥了通電話給媽咪，把夢裡的細節交代得清楚。
像是能藉由這個夢重新抱住阿公一樣，媽咪把每個細節都問得

透徹。

「我知道，那是他要對我說他有來看我吧。」掛電話之前，我聽見她鼻音漸漸加重。

我坐在床上將身體縮起，抱住棉被，看向灰膩的玻璃窗。

想起阿公在媽咪兒時，在藥房裡為媽咪拍的照片，
那是媽咪大概五歲的時候，女孩穿著媽媽為她訂製的大衣。

在一個下午，有著柔和暖陽的日子裡，餘暉即將散罄，
外頭有些車輛或行人行走的聲音，她正蹲在地上撿雜物玩。
身後玻璃櫃裡的藥品瓶瓶罐罐，淺淺的橘色日光照進來把每個櫃子照出了沉影，
也照出了亮面。

她的爸爸拿著底片相機走向她，

「阿莉，阿爸幫妳照相。」接著高大清瘦的爸爸，要她把手放在旁邊的櫃子。

「這樣嗎？」女孩好奇地看著穿著整齊的爸爸，把小手放在旁邊和她差不多高的桌子上。

「對，不要動。我數到三妳就笑哦。」女孩的爸爸挪了挪角度，
「來，一、二、三。」

接著小女孩對她最愛的爸爸，綻放她此生最純粹燦爛的笑容，
伴隨著清脆的快門聲。

我能想像阿公帶著笑意地拍下這張照，木訥地從鏡頭望著他最割捨不下的女兒，
然後按下快門，為他們短暫的此生，留下他好愛好愛媽咪的證據。

我也能想像當阿公沖洗出這張照片，從相館走出來拿著端詳，
看見女兒的笑容，於是他也跟著笑了，那樣內心溫潤的樣子。

阿公走了，
但那個夢裡阿公凝視著媽咪的背影，會走過時鐘的齒輪，與生命的離間，
和燈昏灑滿的記憶長巷。

「數到三，妳就要笑哦。」
「來，一、二、三——」

有天，我想媽咪會親耳聽見，那抹橘黃色，默默望著她背影的柔軟視線，

有一個低沉，且和緩的嗓音，像一床被陽光曬過的被子，暖著她，
然後緩緩地繞在她耳邊，輕聲地說：

「傻孩子，阿爸永遠在這裡，妳儘管長大。」

2

別人不要的，正是滋潤我們的

純粹，是一把通往快樂的鑰匙。
然而在變成大人的過程中，
鑰匙的形狀漸漸地被人生的種種碰撞磨損了，
於是我們打不開門，掏光身上所有資產也買不到快樂。

我含著一顆維他命C檸檬錠。

厭倦了前座的婆婆媽媽聊泰式辣椒醬，所以我戴上了耳機。

我聽到她們說魚露，還有窗外從天上的牆壁斑駁下來的雨滴，
她們說下雨這個天氣，對買菜的人來說有多麻煩。

我常常會這麼想，雨水就是老天爺看不慣天上的裝潢，一次又一次地粉刷，在粉刷前必須鏟掉的那些舊漆，那就是雨滴。

辣椒要切細，因為辣椒籽才是真正辣的。
去掉辣椒頭，那只是好看啦，辣椒頭沒什麼用。

可是辣椒卻仰賴著她們不要的根莖長大的。

是不是也許別人不要的，正是滋潤我們的。

我聽見右手邊穿著白色素 T，和墨灰色運動褲，旁邊放著超商一把 100 元黃色雨傘，傘下凝成了一灘水漬，男孩的白色球鞋踩在這灘水上。他正跟他旁邊的朋友抱怨著雨天有多麻煩，因為戶外沒地方玩滑板了，大家都會擠進體育館。

左手邊的窗戶外，走過一個穿著透明輕便雨衣，叫賣著玉蘭花的老婦人。她的膚色黝黑，穿著七分寬褲，還有在夜市常見的夾腳涼鞋，戴著灰色已經被刷白褪色的鴨舌帽，從後頭帽口紮出來的馬尾都被雨水浸濕。

紋路在她的臉上細數著風霜，風牽著雨打在她臉上的時候，不知道為什麼，覺得內心有點漣漪，

她應該應該也很討厭雨天吧。

我想，其實雨還是滴在她的身上，只是她總得等回到家以後，脱掉雨衣綴著的雨水，再仔細地把偷竄進她輪廓邊角的水漬擦乾，才能保持乾燥。

橄欖油、麻油、洋蔥丁、蒜末……

把視線移開，我看著窗外紅燈轉成綠燈的過程，
看著我身邊這些乘客，各自帶著煩惱。

我們總執意地，擔憂著自己身上微不足道的煩憂。

在孩提時代做著夢，擔心的只有隔天沒得玩，求學時期擔心未來沒有一技之長。
然而在真正長大之後繞一大圈，想回到原點，卻發現連做夢的本能都沒有了。

對吧，「純粹」是一把通往快樂的鑰匙。
但在長大過程中的，碰撞慢慢磨損了掉了鑰匙的形狀，
於是我們打不開門，掏光身上所有資產也買不到快樂。

於是只能在睡不著的夜裡，從門縫中的間隙映出的光影，
窺探著過去笑得開心的自己。

運動場，雨天。
泰式辣椒醬，雨天。
玉蘭花，雨天。

車開動了，最近腦子很煩躁，我將原本甜甜的檸檬片咬碎，
跟那些太多的思緒一起呑下去，
後來甜的味道沒有了，整個嘴巴酸酸澀澀的。

3

你永遠也無法成熟的原因

沒有關係，

學習都是這樣，要慢慢的。

有一陣子開始厭倦閱讀文字，
就像一直喝著低濃度的糖分，然後有一天突然決定自己不再那麼需要了。

那個，也就是我腦裡的這個下午，我一樣坐在靠著窗的後座位置，將深紅色書皮的一本書捏在手裡。反覆翻了翻後，再闔上，然後收進包包，像完成一個不知道目的為何的儀式。

我盯著前面位置深綠色的椅背，皮面邊緣的地方有些破損，捲了起來，落下了一絲絲的細線。

我身後坐著一個聽他們說話內容，大約是小班的小女孩，和她的媽媽與奶奶。
奶奶蠻年輕的，我沒有回過頭看她們，但她正教著小女孩唸英文、還有注音符號。

「蘋果的英文是什麼？」奶奶的聲線平實，卻挺銳利的。
「Apple。」小女孩有些高音調的甜膩聲響。

「香蕉的英文是什麼？」
「吧……吧……」小女孩稚嫩的嗓音躊躇著。
「沒有關係，學習是慢慢來的。」

「但我們還沒有學，但我們老師還沒有教。」小女孩聽起來有些著急地回覆。
「沒有關係，學習都是這樣，要慢慢的。」

學習都是慢慢的。

公車駛過了一個山洞，女孩突然指著窗外的遊覽車，興奮地拉著高亢的聲音喊：
「奶奶那個我坐過這台車……」小女孩頓了一下，「哈哈，好好玩哦，我們的車怎麼會停在這裡啊？」
「說不定只是像而已吧。」女孩的奶奶和緩地解釋，「遊覽車都是大型的，妳知道遊覽車有幾個逃生門嗎？」

「可是它們都一樣。」沒有聽進奶奶想讓女孩瞭解的事實，小女孩這樣回覆奶奶。

我後來也沒仔細記得下車後她們的姿態，印象中穿著橘色長褲的奶奶，
與身穿牛仔褲的媽媽抱著女孩愉快地下了車。在下車前，即將到站的時候，我看見女孩的奶奶站在扶柱旁，用身體護著女孩，將手貼在女孩與柱子之間保護著她。

坐在公車上看見她們走遠。我等著綠燈閃爍後，公車再次起程。

我想起很多種形式的失去，就像與哪個誰離散以後，
看過你以後，於是見過所有類似的事情都覺得是你。

比如廣告看板，比如路人手提袋上的字句、IG 或 FB 突然跳出的貼文、路邊相擁著的戀人，比如電視上某個綜藝節目的主題。

就像用不同形式，化成不一樣的材質，調整媒介與適當的距離，
就像坐在車上看見前方在變換紅燈剎那，最後一秒開過去的那台車，我看見你，
但我們就要很遠很遠了，你還是扣在我身邊，那個當下我覺得。

然後，偶爾，理智會在早晨醒來的那霎來見我，想告訴我一些過去這個詞彙的定義，再通知眼球，確認那些你都不是你。

這樣的想法有些類似吧。
我覺得它們都是你，但事實上它們與我們，都再也與我沒有關係。

然而我想，這輩子你會遇見某些人，就算已經離散了，
但在碰見他們之後你總會曉得，他就是你永遠也無法成熟的原因。

4

哪裡算是人生的彼岸

日輪西去，娑婆光陰有限，

朝夕勤撐寶筏，到彼岸。

那是在下午的16:35，

我站在公車站旁，看著車水溶密的行人與車輛。

這天的溫度很舒服，涼涼瘦瘦的風，

像穿越樹林那樣，輕輕地流淌在人與人之間。

今天是微微透著薄薄赭紅色餘暉的灰天，

飄零著絲絲點點的細雨，有些雨絲落下，

牽起了其他雨點的手，成了柏油路上的一灘水窪，

然後紅綠燈亮起，閃映著的光就直率地灑在這些剔透上。

我看見一個染著紅紫色大捲髮的中年婦人，身材窈窕，穿著一件紅色豹紋的緊身低胸裙，左手抓著銀色亮面的鱷魚紋手拿包，戴著一只閃閃發亮的假鑽手錶。

她不斷地翻弄錶面查看時間，把手舉起、再放下，然後把手舉

起、再放下，接著露出不耐的神情，每做一次動作，就嘆一口薄薄的氣。

左手邊站著一對高中小情侶，他們穿著紅藍相間的運動外套和運動短褲，腳踩著一樣的 Nike 黑底白勾運動鞋。

高高的男孩靠在灰褐色的公車亭柱子前，比他矮一顆頭的女孩綁著馬尾，髮帶是紅色的，在後腦勺的地方夾了很多固定髮絲的黑色細髮夾。

她把臉埋在男孩的胸膛裡，然後雙手環抱著男孩的腰，肩膀上黑色的背包掛著一隻白色的娃娃。

就是像這樣的時候，我就會覺得世界是四方形的，
即便裁切得歪七扭八，但卻在同個地點、同個天氣，
同個下著細雨的日子裡把每個人裝進只屬於自己的框框，
而眼裡有愛的人就能把方框的一面拿掉，把對方也裝載進來。

在這個時候，好像只有我看著這些透明的方框，
窺探裡面的故事，和小小火花。

我抬頭看著紅色的跑馬燈，車還要等二十分鐘才會到站，紅色的 LED 字體前後推移著，然後我的車班不一會就被擠開，換成

另一班公車的到站時間。

剛下班，我帶著倦意地看著行人，
聞著這樣的天氣帶來的氣味。

你們知道的吧，當雨落在有著溫度的柏油路上會有種讓人發癢的味道，
悶悶的，不隆重，卻存在著的那種。

我把視線拋來拋去，最後落在一位站在與我隔著一段距離，戴著灰色毛呢紳士帽和銀色手錶，穿著白色薄襯衫，把深灰色西裝褲紮得齊整，踩著像是牛皮咖啡色皮鞋，看起來七八十歲的老爺爺身上，

他站得直挺，右手抓著的一份報紙被折成一半。
襯衫的肩線燙得平整，在手肘的地方因為姿勢起了一些皺摺。

「15 min 即將到站」

車站燈牌提醒著時間。
他在公共電話旁，仔細地看著報紙上的新聞，微微地皺起了眉頭。

身後的路燈有柔柔的光線，平攤在他的身上，還有他手中的報紙。
我看見他把右手伸進右邊外套的口袋，而燈光透過他右手臂的白色襯衫，
襯衫變得透明，我看見老爺爺的手臂上，有著一塊我看不清楚的刺青。

「10 min 即將到站」

他的右手在口袋裡躊躇著，像是在找尋什麼東西，接著他把口袋裡的東西拿穩了。頓了半晌，他把一張東西拿出來，再把左手的報紙放下，就這樣仔細看著那張緊緊抓在手裡的東西。

我細細地把腳步往前挪了一點，
從他的右後方，我看見老爺爺剃得俐落的白色髮根，挨在帽子底下，他的右臉有些斑點，與老朽辰光走過的痕跡。

老爺爺的耳垂很厚，他仍細膩地望著這張照片，
於是我將目光投注在他手上的照片。

那是一張老照片，已經護貝了的，看起來很有歷史痕跡，
邊緣透明的塑膠裡有著輕淺的灰漬。
照片已經泛黃和斑駁的邊角，照片裡頭有著幾十年前老一輩流

行的古董花瓶。

這個畫面裡，盛開的有在花瓶裡頭的一束花，和坐在花瓶邊，穿著旗袍，梳起髮髻，有著彎曲細緻的劉海，笑得含蓄的年輕女孩。

「arrival」

十分鐘過去，車來了。

原本佇立在站牌旁的人們躁動起來。
老爺爺發現身邊的鼓譟，將原本握在手上的報紙夾在腋下，用左手溫柔地擦拭著這張老照片，像是在輕撫好容易就會被粉碎的珍寶那樣，也像是在端詳新生兒的臉龐。

他將粗糙有著皺紋，已見風霜的手指，蓋在照片裡女孩的臉上，然後一眼、再一眼之後，把照片平整地放進口袋，接著他邁開步伐上車。

老爺爺和我搭的是同一班車，他坐進前方靠著窗的位置，
我坐在他的後頭。

車裡的冷氣讓玻璃凝結成了霧氣，老爺爺注視著這一片灰茫

很久，
然後伸起粗厚的食指，不靈巧地在窗上劃著。

長了繭的手指劃開了霧氣，水滴沿著被劃開的邊緣滲下。
車身的不穩使劃過的稜角崎嶇，我看見老爺爺在窗上劃下了兩個字，

「捨得」

車廂裡一片沉默，就像老爺爺寧靜的憂傷，與想念，
他在想著誰呢。

老爺爺挪正了坐姿，將手交疊在腿上，繼續看著一片灰霧的窗籬。

車裡很顛簸，快速地穿梭在高速公路上，
窗外的光景游離，就像人世間被沾染著愛的記憶，呼嘯替換，

我看著老爺爺的背影，襯著窗外的灰階。
淡薄的光線穿過綴滿霧氣的窗戶透了進來，
他看起來就像離家許久，準備遠道返家的歸人。

氣溫依然很低，我向空中吐了一口氣，看著白色的霧氣在空間裡散開、消失，接著我緩緩地闔上眼。

一片寂靜彌漫，我閉上眼，幻想灰濛海平面上推移著，從遠方歸來的船隻，上頭站著沉默不語的亡人，和早已麻痺疲態的擺渡人，

我也想起那些拌著最後一口氣，一齊嚥下的愛染執著，
腦裡突然想起好久以前，在老書店翻出泛黃書籍裡，不知道是誰手寫下的這段話：

日輪西去，娑婆光陰，朝夕勤撐寶筏，
歸途漫漫，踉蹌帶淚，含笑稽首，到彼岸。

5

被偷走的歲月

顧我們終將能握住，須臾稍縱的光景，

不再滋養遺憾。

現在淩晨 12:33。

突然很害怕歲月會不會偷偷帶走那些事情。

比如生日這回事吧。記得小時候很在意每個生日要過得盛大，國三的那個秋天，因為那次生日湊巧碰見畢業季，十五歲的我害怕沒有人能幫我慶生，用盡心思去暗示朋友，才得知他們的計畫。

那時候，就好像需要披著這些在身上，搖啊晃呀的，
像是胸前的功勳，也像是鑲著榮耀的翅膀。

好幾年後的某天，我坐在公車上靠著窗的下午，
看見一個小男孩牽著老奶奶的手。
雨下得很大，雨水攀流在窗外把一切變得模糊。

大雨滂沱的氣候裡，老奶奶將男孩抱起，緊緊地貼近胸前，
再拉上一件薄薄的紫紅色外套妥善地蓋住他，卻被急躁的雨滴浸濕成了紅褐色。

像是雨水打在小男孩身上就會弄傷他一般，
老奶奶著急地在綠燈開始讀秒的剎那，沒帶傘的她穿過傾倒而下的大雨，
跑向馬路另一頭，有著遮雨棚的騎樓裡。

不知道為什麼，在那個時候突然意識到，自己好像再也不那麼需要那些事了。

哦對了，還有那件事，
過去每次出門的時候，都滿是心思地拍照上傳，
花大把大把的時間挑濾鏡，放大照片的每處做調整，
想標題與內文，整個人埋進手機裡，卻把眼前人縮得極小，就連他們在咫尺的耳語都聽不見。

可是在某個和煦春暖的日子，散步在海邊岩石上的時候，
看見陽光穿透雲影，映在家人的背影。我看見妹妹輕輕地，將腳邊的貝殼丟回海裡，藍蒼色的海面輕輕飄蕩起漣漪，陽光倒映的浪花，有著微微的彩色光暈。

那時候，突然有股想把手機關機放進袋子裡，
好好地將她們的細微末節，都收進眼底的思緒。

我知道，其實我知道這秒都不是上秒。

比如穿越山林來到我面前的空氣，被我吸進心裡時，它從來就
也不是因我而起。
比如陽光灑在這世上和我的手心之前，早已映透了無數的生息。

我也知道，我的一生之於世界，有多渺小細微。

當年看作是使我翱翔的臂膀，在如今看起來，
卻像是兩垂不被需要的羈絆，掛滿了累贅。

但你知道嗎。可是呀，就因為與世界比擬，我的生命之輕。
在我悠悠恍恍著，就慢慢變成過去的日子裡，
那些眼前的他們，都不能是我遺失的行囊。

在擁抱了太多輕薄的故人，踏過青澀不經世事的年少，
在逝去下一秒前，在已經逝去的下一秒後，
願我們終將能握住，須臾稍縱的光景，不再滋養遺憾。

今天就先這樣吧，晚安。

6

最飽的日常

：「做好人哪有什麼用。」

昨天午後氣溫很高。

我們來到北海岸的小漁村，決定在出遊的過程中稍遠離網路。

空氣鹹鹹的，夾雜著旁邊的漁貨味道，從海上吹來有些涼意，

風像在和太陽帶來的溫柔氣候打招呼。

我們從漁夫市集走出來後，看見路上的兩旁坐著賣菜的老人，

他們都穿著白色汗衫，純白的上衣有些土色的漬跡。

因為家裡幾乎不開伙，沒什麼菜可買，

索性跟其中一位爺爺買了放在桌上的洛神花茶。

「妳是不是最近胃不好？」收過零錢的爺爺對站在我旁邊的媽咪說。

「真的，你怎麼知道的？」媽咪看著爺爺。

「看臉色就知道，我有一帖藥妳拿去請藥房抓一帖照三餐吃就可以了。」

「謝謝阿伯，需要多少錢？」

「不用，跟我買菜就好了。」

「可是我們家不開伙，阿伯好人做到底啦。」媽咪開玩笑地和爺爺說。

於是爺爺也笑了起來，「做好人哪有什麼用。」

邊這麼說著的爺爺，還是拿出包包裡的紙張和自己手寫的草藥本子，
細心地寫上藥名和份量。

「要平安哦。」爺爺把紙張拿給媽咪的時候這麼說著。
爺爺的字很漂亮，我們誇讚他以後他含蓄地說自己沒念過書。

和他道別後，我們轉身。
「媽咪，說不定他是仙人，我們等下走遠回頭看他就不見了。」
我笑著和媽咪說，於是媽咪回頭看向爺爺，
「哇！」媽咪叫了一聲，「他還在。」

那天下午陽光灑在淳樸的爺爺身上，
與他賣著的南瓜、韭菜、吻仔魚和絲瓜，
還有我們手上那罐，透過日暉映照，閃著琥珀紅色的洛神花茶。

我們幾乎什麼也沒買，沒有打卡、沒有上傳照片，
卻覺得心裡滿滿的。

7

長大，不要害怕

輕輕地靠著彼此，在光景切換下，

才發現我們已經有了各自的模樣。

現在淩晨 1:20。

想起那個午後的海邊，在前往的路途上，
我們駛過蜿蜒崎嶇的石地，車窗外的景色呼嘯變換。

在一叢又一叢的山間與小路之後，
藍藍的海像位沉穩岸然的長者，靜靜地等著我們。

深藍淺灰的鏡面倒射著天空，靠近這邊一點的沙子很細、很白，再往前走一點的石沙成了石子，然後，再慢慢向前，石沙成了石塊。

在傾流的泛潮裡，海水打上石岸，
石塊彼此有稜角地傾靠著，在對方之間留了些空隙。

天很藍、海很深，像在海底放了那些再也說不出來的話。

看著這片碧藍，我想起從小到大陪在身邊的他們，
從不經世故地彼此交織，一股腦地羈絆。到漸漸經事成長。

時間的抽離，我們就像細軟的沙子，攀著年歲的階梯，緩緩地成了石沙，
我們挨著彼此琢磨，外來的際遇讓我們附加了好多好多，

於是出了社會，石沙成了石塊，再也沒那麼需要成堆的沙子與砂石，使我們的負重能力加深。

輕輕地靠著彼此，在光景切換下，才發現我們已經有了各自的模樣。
海的潮汐變遷，水的侵蝕推送，讓我們在心底漸漸長出了獨立。

於是我們好像再也不需要他人，卻總在一個人的夜半，
想起那些青稚的笑聲，聊不完的天、曾經比家人更深刻的陪伴。

後來我想，成長就是一連串的丟失與拾起，
總在搭上另一班車的路途上遺失了一些人事，在下班車上，
手裡空蕩蕩、心裡多了一些什麼的自己，再去碰見那些從來沒有。

成長無奈嗎？成長無奈吧。
但這世上總有個地方，肯收留我們的每一種模樣，
然後指著未來，輕輕地在我們耳邊呢喃：
「去吧，不要害怕。」

8

那些已經被忘記的生長

光景更迭，四季的變換輕輕地、溫柔地，
卻又狠狠地帶走了太多年歲，像風吹來的耳光。

生不逢時。
這句話在睡不著的夜裡常常在我耳邊張揚。

因為被失眠綁架，取代睡眠的都是那些聒噪的記憶。
我記得過去，卻都是些殘破的片段，
討厭小時候沒有能夠仔細記起所有細節的自己。

常常想起坐在家裡潔白的地板上，無憂無慮地看著爹地用吉他彈〈歡樂年華〉。

和媽咪與已經過世的姊姊笑吟吟地哼著合奏，
姊姊笑起來的時候眼角總是跟著幾尾小魚，眼瞼笑成彎月，
像這些快樂重壓著她的面容，把眼睛的形狀變得布滿笑意。

我們都是好朋友……讓我們來牽著手……歡樂時光莫錯過……

留住歡笑在心頭……

陽光會從透明的凹凸玻璃透進來，印在我們身上，
像是刻著記憶的圖案，鑲著那些璀璨晶瑩的過往。

那時的媽咪留了一頭棕黑色，交織的中長捲髮垂在肩上，
穿著純白素色的短袖，高腰有些刷白的丹寧牛仔長褲，在腰間
繫了一條深褐色的皮帶。

陽光會透著她的髮絲微微發亮，她依偎在爹地身邊笑得甜蜜，
像再也沒有誰，能再畫上什麼來更完美這個畫面。

像他就是國王，她就是皇后，姊姊像個堅強快樂的小小士兵，
我就是那個活在粉紅色泡泡裡，被捧在手心，從來不知道什麼
叫煩惱的小公主。

光景更迭，四季的變換輕輕地、溫柔地，
卻又狠狠地帶走了太多年歲，像風吹來的耳光。

想起我初上大學的那個暑假，媽咪開車送我到離海邊很近的
大學。

一路上我們話不多，這個時候的媽咪還是很美，

陽光一樣悠長地透過玻璃窗，籠罩在我們身上，沒有當年的暖和。

也記得有次從學校回家的日子，
時間已經很晚了。趕到車站要搭客運時，這個冬天已經吹起了風。

站牌的牌子已經有些鏽蝕，上面的字跡斑駁地指著家的城市。
我圍著已經起了些毛球的黑色毛線圍巾，和深灰色，有著很多口袋厚重的毛呢大衣。

風有些緊，呼嘯過臉上的肌膚時有些疼痛。
我將手上的行李背在肩上，把凍寒的手放進口袋捏著室友給的暖暖包。

駕駛站在車上招了招手，於是排著隊的大家魚貫地上了車。
投了硬幣，在氣溫很低的車廂裡，我挑了一個靠窗的位置。

車開動了的時候，是晚上的十一點。
月亮怯怯地亮著，微微地，沒有聲響，映在車廂裡每個酣睡的面龐上。

車行駛在路上，輕輕地晃動著，

震起了一些人的睡意，也震起了我的那些曾經。

凝望著車窗外的晚天半晌，
我從背袋裡拿出還殘存溫度的罐裝奶茶，拉開拉環，將那些片段一起吞進心裡。

在終將離散的一生裡，我們總試著撿起一些碎石，當作那些記憶曾真正存在的證明。
我們會忘了那時候的氣溫、那時候的對話，卻再也忘不了那些溫柔，與最想重返的歸處。

突然想起一些瑣碎的畫面，
在一片荒蕪閃著星墜的崖邊，站著正眺望遠方燈火融融的歸人。
彷彿伸手就能觸碰，卻再也抓不住的孩提時代。

回家的路是直的，而路途，卻有些顛簸。

9

這輩子，然後下輩子

「如果有一天你先走了，

跨過逐客離人的哀傷，越過無常，親自撿起散落的緣分，

將彼此輕輕地纏繞起來，握在手裡，

再仔細地，交給下輩子的你。」

第一次見到鍾陳奶奶，是在每天早晨6:50分出發的那班公車上。

鍾陳奶奶總是坐在公車雙人座，左邊第一個靠走道的座位。
她穿得樸素，米白色毛衣、一件酒紅色的毛線外套，和咖啡色的厚褲子，上面有很多花朵的圖案。

看起來約七八十歲，靄靄銀絲從咖啡色漁夫帽簷微微地滲出來。
每天早上的暖陽，總會照在她，和她打著的深藍色毛線上。

早晨的公車很寂靜，我總聽著耳機，投下零錢後走到最後面的座位，坐進左邊靠窗的位置。

有時候下著雨的天，鍾陳奶奶會在毛線外包一個透明塑膠袋，邊凝視著車窗外的人來人往、就像窗上的雨滴那樣，聚集了又散落，然後邊用兩根織針，仔細地織著深藍色毛線衣。

我常常這樣靜靜地，從後座往前看著鍾陳奶奶，心裡揣測著，奶奶是要將毛衣給誰呢。是不是家裡最愛的小孫子？還是嫁出去的女兒？

一直覺得織毛衣是件很浪漫的事，把每個轉瞬的喜樂憂歡、愁緒思念都織進去，最後用這些輾轉細膩的心思，來暖著你最在乎的那個人。

後來，我也是這麼跟鍾陳奶奶說的。

「是呀、是呀……可是他穿不到嘍！」
那時候鍾陳奶奶蕩然地說，有點字正腔圓的溫暖聲線。

那是個濕冷的冬天，天空很灰，雨滴很重。

我在從市區返程的時候看到鍾陳奶奶，她坐在一樣的那個位置上，腳邊放著一袋水果和幾袋青菜，徐徐地織著毛衣。

車上人潮壅塞，空氣裡夾雜著複雜的雨水，和濕潤的泥土味道。

站在後車門旁，我看著鍾陳奶奶小心翼翼地編織著毛線，
看著看著，也沒注意自己的視線是不是太銳利了，就這樣走了神。

「哎呀，抱歉、抱歉，我沒注意，妳要不要坐進來？」
鍾陳奶奶突然停止了織線，倏地抬頭望向我。
意識到自己的眼神可能讓人在意，我連忙道歉然後笑著拒絕。

「沒關係，人這麼多，裡面給妳坐。」
矮小的鍾陳奶奶，將自己的袋子都挪到椅子的另一側，將雙腿縮起來，騰出一條道，笑瞇瞇地看向我。

我滿臉害臊，將自己的背包抱在胸前坐進去。看我坐穩後，鍾陳奶奶將走道上的塑膠袋，挪到綴著雨滴的鞋子旁，繼續打著毛線。

「奶奶，妳好厲害、毛衣。」我有些不自在地對奶奶說。
「哈哈，這誰都會呀。」
「很厲害！我都不會！」
「我可以教妳。」奶奶笑了起來，瞇起來的眼角皺紋像拉長了喜悅，滿臉暖和。

「我很笨一定學不會，奶奶，妳織給誰呀？」我也笑了起來。
「我們家老頭，他總是怕冷，只是現在不知道這些夠不夠暖。」
「好浪漫哦……一定很溫暖，尤其自己織的。」
「是呀、是呀……可是他穿不到嘍！」奶奶的笑容沒有散罄，依舊溫和地掛在臉上。

後來，每個有搭到那班車的早晨，我都會坐到奶奶旁邊，看著她像魔術師一樣，
一邊將毛線纏繞成一片片雲朵，一邊和她聊天。奶奶告訴我，她姓陳，跟著丈夫姓鍾。鍾伯伯是中國畲族人，遠渡重洋地來到台灣，與陳奶奶相遇，便再也沒回到家鄉。

「妳在的地方就是家。」
陳奶奶含糊地敘述了鍾伯伯對她的愛。

陳奶奶在二十歲遇見鍾伯伯，然後沒多久，便答應鍾伯伯的求婚，當了鍾太太。鍾陳奶奶出身望族，他們的愛不被祝福，因為陳奶奶的父母為了聯姻，想將她像商品般嫁掉。

後來，陳奶奶為了鍾伯伯和家裡斷聯，毅然地跟著鍾伯伯北上，然後當了一輩子的鍾太太，就這樣不知不覺地相愛了六十年，像在最美麗的年華，烈日高升時，無意將種子扔進最溫厚的土

壞，卻在夕陽殘暉時回首，轉眼發現種子成了一棵能為她遮風避雨的大樹。

直到，鍾伯伯在五年前去世。中風前的他總會在早晨與晚飯後，牽著陳奶奶的手陪她到市場、或附近逛逛。陳奶奶每年都會為鍾伯伯織一件新毛衣。

「那老頭抽菸，總把毛衣燙成一個洞。」

在鍾伯伯去世後，膝下無子的陳奶奶便一個人過活。
沒有了燙破的毛衣，沒有了鍾伯伯在的年歲像沒有了時間的計算，
她在每天晨起出門時，總會繼續為鍾伯伯織毛衣，一件又一件。
晚上飯後，都還是會抱著鍾伯伯最喜歡的那件毛衣到附近散步，和鍾伯伯聊天，每天每天，從不間斷。

鍾陳奶奶說，「沒有辦法呀，當初就是喜歡他。」

最後，在病榻上，鍾伯伯吃力地對陳奶奶道歉，
然後陳奶奶輕輕地靠在他的耳畔，對他說：
「老頭，我們下輩子見。」

最後一次，聽到鍾陳奶奶對我敘述他們的過往時，

我哭了出來，我想起張懸的歌〈喜歡〉裡頭的歌詞。

在所有不被想起的快樂裡，
我最喜歡你。

而我不再覺得失去是捨不得，
在所有人事已非的景色裡，
我最喜歡你。

那天的後來，一路上我都沒有說話，
烏雲像也聽到了動人的故事，淌下了無數的眼淚來到這世上。

我安靜地看著鍾陳奶奶將這個線繞過，再穿了過去，將兩條不相交的平行線繞出了一個結，順了順後，毛線變成了平坦卻細膩的紋路。就像綿延不罄的枝葉，有了最初的果，再與其他枝枒環繞，開出茂盛的花。

每織一縷，就將彼此結得更深。

在蒼茫的人世裡，跨過逐客離人的哀傷，越過無常，
親自撿起散落的緣分，將彼此輕輕地纏繞起來，握在手裡，
再仔細地，交給下輩子的你。

我想，鍾伯伯一定會遵守承諾的吧。

「老頭，我們下輩子見。」

10

時間梳順的打結

是怎麼錯過彼此的，後來我們都再也沒提起。
卻都無聲地，在已逝的青春裡立了個碑，
把那時牽著手的溫度、和那些不可能的可能，都刻在上面。

淩晨 2:45。

依稀記得那個橙色初夏的晚天，
晚自習教室裡彌漫著濃濃睡意。

老師在講台上打盹，時鐘指著 7:09。

在我右邊的同學，將手機放在腿上傳訊息，她穿著白襯衫和藍綠格子裙的制服，紮著馬尾。

我在座位上撐著頭，凝視著那些再也看不進去的文字，
發現如果盯著一個字久了，那個字就會變得很怪，很不像讀出來的音。

我看向窗外的碧落月光，她像糖粉般灑在隔壁棟學院的屋頂上，也像一塊打亮餅，暖軟地妝點著那些樸實磚紅。

好自由呀，我心想。

然後左邊的同學突然輕敲了我的肩膀，我別過頭看著她，她是一個矮小，有著甜膩笑容的女孩，叫包子。
妹妹頭劉海，剛燙了離子燙，想擺平自然捲，頭髮卻塌得一直被同學調侃，但我還是覺得她很可愛。

「×××給妳的。」她壓低身子，將自己的臉捱向桌沿，輕聲地用氣音說著，然後指向地板，在我腳椅邊的那張紙條，看起來很像一隻小松鼠。

我看見左邊腳椅下，壓住一團灰黃的塵絮，夾雜著幾根頭髮，突然感到一陣噁心。
然後將視線移到和有著和塵絮強烈對比的那張潔白。
我撿起了那張紙條，一臉狐疑地看著她。

「打開呀，再告訴我他說什麼。」她小聲地說著，臉上漾起了笑意。

我還記得，那是個從藍色英文作業簿撕下來的紙，邊緣有著不平的摺痕，勉強摺出了信封的形狀。
因為寫字太用力的關係，藍色字跡有點從紙背面透出來。

打開後發現只有幾個稱不上工整的字。

7.30 放學 我在操場等妳 一下下就好 ×××

我感到一陣炙熱。

我當然知道他是誰，是當時我滿心儀的對象，

對當時不打算在那個時候發展戀愛關係的我來說，在凡樸平淡的校園生活裡，這算是氣味很大的一些點綴。

於是下課鐘一如既往地敲響，我將黑色的書包背在左肩，弄皺了制服的肩線，但我沒有心思在那上面。

在快步走向走廊的時候，包子對我喊著什麼我也記不得了。

很快地下了樓梯，電機科的男同學結伴地吆喝著要不要去網咖，去哪裡買雞排。
空氣裡有著微微的汗水味，月光不吝嗇地照在他們的門廊、和側臉上。

到了操場的時候，有一半的薄雲遮住了月亮，沒能掩住光芒、
那些雲絲顯得很浪漫。
蟬鳴得很大聲，夏夜的風很涼、很舒服。

我看到他站在籃球架旁。
他穿著灰色運動服和深藍色長褲，按著手上的黑色 casio 電子錶，
好像聽他提起過，那是他哥哥出車禍離世前送他的生日禮物。

那時候穿著的布鞋是白色的，
輕輕挪動腳步，我踩進草皮。
能感覺到昨天下的那場大雨，讓泥土柔軟了些，
空氣裡瀰漫著土、青草、還有一點點青澀，不知所措的味道。

他走向我。
不敢抬頭看他，索性低下頭看著我的布鞋，前端的地方沾了一點泥濘，和草綠色的碎屑。

「那個……」感覺到他低沉的聲音，在我面前含糊地說著：「我只是想說……這個給妳，上個月是妳的生日，但那時候買不到……」

他手上捧著的，是我前陣子想要的一本國外暢銷小說，已經缺貨了。

我的雙頰一陣燥熱，內心有漲滿的字句，
卻沒辦法挪動唇瓣吐出什麼話。

於是我拉著制服肩線讓它平整，
視線仍不敢和他有一點交集，

「謝謝。」收下的時候發現上面壓著一封信，「那我走了哦。」
我低著頭說。
「啊……嗯。」他的聲音有點飄浮著的感覺。

我轉身面對階梯，入口的路燈已經全開了。
遠遠地看很模糊，像斑斕著的星芒，也像現在，回頭望向記憶的時候，能見度並不高，卻能看見它在那裡璀璨著。

於是我挪動腳步要離開的時候，
右手掌突然感到一陣和暖。
轉過身，才發現他牢牢地拉住我的手。

「……」
「……」

空氣彷彿凝結了，我的臉現在一定很紅，
心跳躁動地像要從胸口跳出來，

然後他將手放開。

「對不起，回家小心。」他很快地從我旁邊走過，然後步下階梯消失在那頭的星芒裡。

記得那時手裡的溫度，
我想永遠也忘不了。

回家以後，信封裡是一張淡藍色的信紙，上面寫著他想考上北部的學校，因為他知道我不會離開北部。最後問我，畢業後能不能答應他。

我仍舊記得，把黏著膠水的信封打開的時候，將它握在手裡，
再劃過手指的觸感，
像信封裡裝著朵朵的雲片，我小心翼翼地拆著，生怕一不小心它就會消失。

青春是部有時效，卻急躁向前奔馳的列車。

那個時候，我從來不覺得時間能有多快，
現在回想起來，才覺得那段光景就像從煙囪裊裊升起的青煙，
再多爐火升熔的熱烈，依舊挽留不住它。

我考上了北部的大學，而他考上南部的學校，
裡頭有他家人對他滿載的期望。

我記得在畢業那天，飄著雨的下午，
手機裡多出的那封訊息，
我一直沒點開它，因為只有三個字，卻不是喜歡妳。

回憶總是披著蹣跚，從過往裡紛至沓來，見到你，就像見著了已故的親人，
急忙地抱著熱情，將你撲個滿懷。

我知道那都過去了，但仍有一部分的我，還活在那個布滿碧月輝芒的晚天裡。

就像昨天我和男友在路上逛著，在那家鞋店，看見你牽著一個纖瘦溫柔的女孩，
右肩背著她的包包，

你也看見我了，於是我們淡淡地朝著對方，微笑著點頭。

是怎麼錯過彼此的，後來我們都再也沒提起，卻都無聲地，在已逝的青春裡立了個碑，把那時牽著手的溫度、和那些不可能的可能，都刻在上面，

留在某個有著涼風，和月光的操場，
在那裡不滅。

11

那些跟青春一起消逝的朋友

忽然好像明白了，青春就像滿泛悲歡的舊離，
我們總在接過每個新生的未來時，遺落一些過去。
當初我們伴著彼此茁壯，現在也各自有了滋潤自己的土壤。

最後一次見到她的時候，是在那個冬天，暖暉成了金褐色的下午。

她穿著一襲白色，有著毛線鉤花的洋裝，及肩的頭髮任由海風撫弄，像細細的花莖，柔軟地攀附在她的背上。

她披著咖啡色的圍巾，和墨綠色 Dr. Martens 的馬汀靴，靴子上有些斑駁的痕跡與摺痕，鞋子邊緣的縫線，被日常磨出了幾縷掉落的黃色細線。

她將手交疊在腿上，殘陽灑在她的臉畔，
在陽光映照下她的髮絲閃著斑斕的色彩，就像她在我生命裡點綴的那些一樣。

她孤冷的眼眸透著一絲稚氣，卻是藏得很深很深的那種。

目光的終點是對岸的海畔，她遙望著很遠很遠，那朵即將西下的燈火發著愣，卻又像在等待著誰將她喚回這個世界。

氣溫很低，我站在她的左手邊，她沒有發現我。
經過廟口的時候，我順道帶的那杯熱騰騰的豆漿正冒著煙，被我緊緊捏在手裡取暖。

「嗨。」穿著一身灰，和黑色大衣與白色 New Balance 的我站在她旁邊顯得有些突兀。

她漠然地轉過頭，在看著我的時候，無神的雙眼突然泛起一點淚光，然後我走向前，坐在她的身側。

「一小時後就要起飛了。」她說。
「我知道。」

我跟她是從幼稚園到高中的好朋友，已經十七年了，我們一起經歷了每個成長的轉折，從女孩成為女人，就像攀附著彼此漸漸茁壯的枝椏。

在我們遇見生活上的任何時刻，點開手機通聯紀錄裡幾乎全是對方。

我們看著彼此交了第一任男友，再看著彼此受傷，然後陪著對方等傷口癒合、

我們一起買了第一次的衛生棉與內衣，也陪彼此買了第一雙高跟鞋。

經歷的過往太多太多，像只要輕輕將手握起，就會滲出太多的回憶。

今年她因為家庭事業關係，全家要一起移民到荷蘭威廉斯塔德，那是一個遠得身為地理白癡的我從來不知道的地方，我們卻在前幾天因為一些瑣事與對方吵了架。

「哭什麼，又不是沒有網路。」

我隨著她的視線望向遠方，卻也在眼瞼裡積了一行淚。

「一定要存錢來找我，我媽說我們不會回來了。」

她捏著戴在右手，我們十四歲時一起買的友情編織線。

我沒有多說什麼。個性使然，讓我沒能說太多傷感的話，

彼此倔強地知道誰先出聲，那一定會夾雜著眼淚。

我們沉默了好久，然後她家人的車停在海洋廣場旁，我們輕輕地擁抱了對方。

「改天見。」
「改天見。」

她熟悉的背影上了車。車開動了，普通的黑色轎車，在那個時候看起來，
卻像一艘開往離別的船，又像一盒即將被寄往遠方的禮物。

後來我倚著網路，陪她經過了一兩個月初來乍到新城市的不習慣，
在那之後也許是因為換日線的時差，又或許是因為心裡與年紀上的時差，
上了大學後的我們漸行漸遠。

她在沒有我的城市裡生活，
我在沒有她的城市裡前進。

五、六年過去了，昨天晚上洗完澡，我幫自己泡了一杯熱牛奶，打開筆電，下意識地在 FB 上翻閱著動態。
我看到一張她穿著婚紗的照片，旁邊的男孩笑得燦爛，
她右手上戴著的，是看起來很華貴的手錶，再無其他。

忽然好像明白了，青春就像滿泛悲歡的舊離，
我們總在接過每個新生的未來時，總會遺落一些過去。
當初我們伴著彼此茁壯，現在也各自有了滋潤自己的土壤。

上刻烈日正中，哭著笑著的光景，那些回憶在轉眼間，就踏進了夕陽晼晚的日暮。
那些當時好重要的朋友，隨著時間都到哪去了呢。

看著她笑得甜蜜，儘管與我無關，我還是很為她開心。
也許是杯子裡蒸氣的關係吧，眼睛酸酸澀澀的，不知道原因。

12

起風的時候，想妳

姊姊，我昨晚看了網路上說的星象，他們提到今晚不會有月亮。
現在起風了，天上的水多得滲出來，落在我腳邊了，
妳有碰過它嗎。
妳戒菸了嗎，還想我嗎。

那個早上八點三十分，家裡的時鐘一如往常地慢了五分鐘，任憑我們撥了再撥，它一樣慢慢地走回它喜歡的軌道裡，

就像我們偶爾把自己弄得快樂的時候，
在某個換氣的瞬間，就趁虛而入的悲傷。

「就這樣吧。」記得某個早上，要出門的媽咪說。
「不用換時鐘嗎？」我看著掛在牆上的時鐘，「我可以重買一個。」
「不用，妳又不會因為它忘了五分鐘妳就忘了五分鐘。」她笑著，迅速地把棕色的頭髮梳整齊，然後拿起黑色的手提包，上面掛了一隻灰色綁著格子領結的熊布偶。

那天的天氣和今天很像，輕淺的光線溫柔地穿透過窗帷，灑在桌面及地上，乾乾淨淨的魚肚白游在天上，和光影之間。

牠早就準備好了，在紗窗門前興奮地挪動牠的小腳，指甲落在地板上時發出喀喀的響聲，鼻頭濕濕的，然後笑得坦然，牠轉過頭看著我。

我把電風扇關起來，拔下插頭，然後把毛茸茸的黑色小狗綁上紅藍色相間的繫繩，牠乖乖地等著。

那是撿到牠那天在附近的寵物店買來的，「妳要背著的那種還是擺在脖子的？」那天店員這樣問我。

「背著的好了。」我對他說。
他從第三格的架子上取下被包裹完整的繫繩，上面有著狗腳印的圖案。記得他是個笑容靦腆的高中生，談吐含蓄地介紹著商品，穿著成套的藍色高中制服，上衣是白色的，踩著的那雙全灰跑步鞋，在鞋子外側有些土黑色水漬乾掉的痕跡。

那天下著大雨啊，所以後來才帶牠到市區的寵物店洗澡，我現在才想起來。
牠的胸前有著一塊白色的毛，在全部都是黑色的點綴起來看起來很可愛。

看著牠身上黑棕色的皮毛，在早晨的陽光裡變得格外柔亮，沒有當初撿到牠時，毛髮都糾結起來的模樣了，可是澄澈的眼神一點都沒有變。

牠跳上跳下地雀躍著，小毛臉漾著喜孜孜的笑容，

這份快樂沒什麼，只因為跟喜歡著的人要出門。

就像今天氧氣供應得沒來由，也沒為什麼，慵懶的米黃色陽光也是。

因為傍晚下班回家的時候，每每只要我把鑰匙放進鑰匙孔，隔著一道墨綠色的鐵門，我就會聽見牠把小腳掌倚著窗門，然後跳上跳下的，

媽咪總擔心牠會把紗窗弄壞，笑著喝斥牠。然後當我轉下鑰匙，我會聽見牠衝出門，接著看見牠奔向我，在我腳邊跳來跳去，所以我想，我是牠喜歡的人之一吧。

等不及我抱牠，短短的腳掌很快地就跳下了階梯。
拉著牽繩，牠興奮地向前衝的時候，我的步伐有點不穩，但看著牠毫無雜質的期盼，總覺得這樣追著趕著的早晨，沒有什麼不好。

那天的風很輕，跟陽光一樣。

起風的時候有點微弱的青草味道，碎碎的、細細的不著邊際。

我把落在眼前的髮絲勾到耳後，食指暗紅色的指甲油，在指片的前端剝落了一塊，明明前天才擦好的。

好討厭這樣啊，像是被撫平的生活，你準備要習慣的時候意外來得太緊，所以好好的，這句話就龜裂了，然後你的平常變得不平常。

隨著視線往右邊看，果然旁邊被鄰居種了田的那塊地散落著草葉，
鄰居阿公正穿著汗衫，戴著斗笠在修剪田邊的雜草。

如果我是植物，看到這樣的畫面大概會覺得很血腥吧，
然後此刻聞到的氣味會變得殘忍。

可在今生這樣的立場，以及這樣的視角，包括狗狗的笑臉，
這樣的早晨與味道，變成很蓬鬆柔暖得恰好。

牠低著頭仔細嗅著每一寸的氣息，精緻的小短腿往前快速地走

幾步，
然後再回頭看看我是不是有跟上去，

牠是被撿來的，在一場雨下完，悶熱潮濕的午後，走在路邊的牠，就因為一盒幾十元的肉罐頭，乖乖地跟我到寵物銀行掃晶片、登記，然後跟我回家。

可是即便多疼惜牠，在牠由下往上看的眼神裡，我總能感到一絲膽怯。

我想，那是即便一直希望別人看不出來，
可是一旦有了不是自己該有的念頭，自然在擁有的每個當下，都會患得患失。

「都用繩子牽著你了呀！還怕什麼。」我對著牠說，也不曉得牠有沒有聽懂，於是轉頭看著我的牠又笑了起來，接著繼續往前走。

我看見早上的電線上停了幾隻白灰相間的小鳥，牠們身上綴著點露水，
但牠們並不很在意。

在穿過馬路前我抓緊了繫繩，將狗狗挨近我腳邊，牠小小的腳

掌和我一樣踩在白色的斑馬線上，白色的油漆線經歷風刷，有些破損斑駁，可是我們也不在意。

往前走就是早餐店了，這個時間點的店舖門庭若市，「阿哥你來了哦！」
早餐店老闆娘叫著我們家的小狗，小狗很識趣地擺動著尾巴朝著老闆娘笑。

「今天吃什麼呀？」然後戴著黑框眼鏡，穿著淡紅色格子圍裙的老闆娘，把視線落在我身上，她有著自然捲，還有胖胖的笑容，對我說。

我很喜歡那種輕撫問候的感覺，像是他不了解你的所有，
卻不吝嗇地分送他的溫暖那樣。

不知道為什麼，這種瑣碎的例行公事，總會在我坐著公車放空時，或者睡不著的某一個時段裡被我想起：

那個早餐店的油煙味，大家等著早餐的表情，手上拿著的報紙，
門口總有人抽著菸，還有鮪魚三明治的味道，

小狗開心著揚起了的嘴角，早晨的空氣，澄白的雲朵，

跟什麼都是新了的感覺。

大概是那種其實是被時間記住了，而不是自己抓著光陰的皺摺不肯放的安心感，偶爾會因為這些規律的日常在心底蔓延，
覺得自己正被平凡好好地擁抱著，活著。

撫平一些覺得自己太不特別的念頭，

每天都被時間吞噬，覺得在不被誰記住的時候，自己也默默地收藏起關於自己的一些瑣碎。

我們都是希望被誰記住的。

那些不經意，不小心，以及隨口嚷嚷著的夢想，或對談，被哪個有心人記住的時候，總會令人格外動容。

所以大概是這種感覺吧，在你唐突地被意外，添加很多你不知道用來幹嘛的生活裡，覺得也沒什麼好被留下，沒什麼好被著墨的時候，你自己的某一面，正貼心地記錄你的所有。

所以一下子突然覺得，害怕失去這件事，好像變得沒有關係，
已經失去了沒有關係，或者還沒有失去卻害怕遺失的時候，也沒有關係。

只要活著，只要肯努力地活著，
其餘的空白，都不至於白費了吧。

因為是自己，所以也不怕消逝了，的那種，
你還活著、你正好好生活著的釋懷。

所以離散，也沒有關係。

「餐點要再等等哦！」老闆娘聲音很宏亮朝氣。我走出門外，站在早餐店門前，鼻尖被一抹行過屋簷的小水滴輕撫，抬頭看才發現下雨了，小小的。

我就這樣抬頭看著白得很絕對的雲絲，隨著吐納的氣息漸漸被氣候模糊了邊界。

小狗在旁邊低下頭嗅著生活，雨滴乾掉的時候是深色的，
除非染在純白的平滑上，

除非沾染在純白的平滑上。

我想起了離我好遠好遠的她，2006 年到現在的距離，我始終沒跟上。她總留著一頭短髮，有著像狗狗一樣澄清的眼神，還有會皺著鼻頭的可愛笑容，

就像一朵太陽，而我們是總追逐著她挪動的太陽花，
可她從來沒捨得讓我們曬傷。

姊姊，我昨晚看了網路上說的星象，他們提到今晚不會有月亮。

現在起風了，天上的水多得滲出來，落在我腳邊了，妳有碰過它嗎。

妳戒菸了嗎，還想我嗎。

這家早餐店是妳來過的地方，隔壁最近開了一家炸雞攤，有妳喜歡吃的洋蔥圈，一定要撒上梅粉，對嗎。

已經不痛了吧。
那個晚上，血都替妳擦乾了。

我後來交過的男朋友，妳看過嗎。
我已經長大了，成了媽咪和妹妹的依靠。

下個禮拜我要去大學廣播，
這是我的第一本書，妳知道的吧。

妳知道的吧。

好想再和妳説説話。
還看得見我嗎，姊姊，還看得見我嗎。

妳在我暫時還到不了的那裡，

還好嗎。

13

前往每個歸處的名字

白色陶瓷碗熱熱的，捧在小男孩的手上。
蒸氣隨著裊裊輕煙飄向天空，
還有站得高高的阿公眼角的幾縷皺紋，與溫柔的笑臉。

昨天天氣開始帶著秋意，霧灰的天空飄散著微微的光亮，
像為天空罩上了一層薄薄的紗紙。

吃完飯，我打開 APP 叫了一台車，站在店門口放空。

我穿著藍灰色拼接的大帽 T。朋友穿著白色上衣，和黑色長褲，還有去年買的一雙酒紅色馬汀靴，和我放在家裡穿了很久的那雙不一樣，看起來新很多，沒有落線、沒有褪色與斑駁。

我凝視著這個街道上的脈絡與行人。

「快上車啊！」朋友打開了車門催促著我。
車子很快就來了，上了車，我看著窗外呼嘯閃逝的畫面。

這幾天心情很蕭索，像沒用的、已經浸濕的薄紙。
吃完飯就帶著倦意，然後再把這份倦意包好，收進口袋裡帶去上班。

沉悶著沉悶，朋友在旁邊滑動手機翻閱世界，座椅旁的安全帶有些淺褐色的污漬。我把目光挪向副駕駛座背後的駕駛執照上。

駕駛的名字很特別，有個字唸「泮」。

「大哥，你的名字裡面的字唸ㄆㄢˋ還是ㄅㄢˋ啊？」
可能肚子飽了、禮貌也沒了，我這麼直愣愣地問，才發現自己的失禮。

「唸ㄆㄢˋ。」駕駛大哥從後照鏡看了我一眼，然後抿起一抹笑意，看起來五六十來歲，憨厚黝黑的面龐卻因揚起的笑容多了幾條可愛皺紋。「是我阿公取的。」

「是什麼意思呀？」我接著問。

「好像是說在古代時候，天子諸侯文人雅士設立的學堂，大概那個意思。」大哥帶著些許靦腆的笑。「但其實我也不知道什麼意思，不過阿公死了就繼續頂著這個名字。」

「可能大哥的阿公希望大哥能功課很好吧。」我邊看著窗外邊說。

「好像是這樣吧……哈哈哈。」大哥跟我分享這個名字讓他在小時候有多不方便，因為看過這個字的人不多，除了被唸成「ㄅㄢˋ」，國小時還被同學唸成「胖」。

但他也沒想改名，因為是阿公取的。

一路上好像找到宣洩的出口，我沒有過多的回話，司機大哥卻侃侃而談著他與阿公的過往，像是攤開收藏許久的珍寶。

大哥的阿公十年前去世，生前是個老軍官，所以家裡總是瀰漫著軍事教育的嚴厲氣息。阿公誰都罵，就是不罵他這個在家裡排行最小的老么。

大哥說自己小時候很愛喝麵茶，可是他們家附近冷天才出來的麵茶車，總在下午接近吃晚飯的時間才來叫賣。

奶奶和媽媽因為怕小孩不吃晚餐，總不讓他買麵茶，這時候飯吃到一半的阿公，就會說吃飽了要散個步，牽起他最疼愛的小孫子，偷偷地走到巷口買一碗麵茶給他吃。

「不要跟你奶奶說！」大哥學著他阿公的語氣。

阿公總在嘴角含了一縷笑意，將手交叉放在背後，笑瞇瞇地在麵茶攤前要他快吃，然後他會和麵茶攤，在腰間圍著一塊破舊藍布、上頭有著手工縫製口袋的大叔一起點根菸，有一搭沒一搭地聊著時事和台北的經濟。

待他吃完，爺爺會從皮夾裡掏出錢，交到大叔滿是麵茶粉的手上，再彎下腰來幫大哥擦掉嘴角的粉漬。

「其實我奶奶跟媽媽都知道，只是不說。」大哥笑得和暖，我能想像他小時候的笑容。

大哥的幾個哥哥、姊姊長大都變成了不得的人物，有的跟著阿公的腳步當了兵，有的當了老師。只有他孤家寡人，還一事無成地跑計程車。

十年前阿公走的時候，全家都忍著沒有哭。
在靈堂上，只有他，在阿公的靈柩上痛哭失聲。

「如果他在天有靈應該會很失望。」大哥握著方向盤，語氣輕鬆和緩，卻夾帶了幾分惆悵。

「不會吧，你開車技術很好欸！」我笑著說，然後大哥也笑了。

下車的時候，我和朋友找著錢包裡的零錢，大哥說算整數就好。我們不答應，於是開始推託然後塞錢。最後折衷，大哥堅持少收五十元，然後笑著和我們說再見。

下車時是下午五點多，在這樣暖陽照著的日子裡，氣溫仍有些低。
因為坐車，我的衣角有些皺摺，我低下頭輕輕地拍拍衣服，把衣服整理好。

回過頭站穩的時候，我看見太陽的餘暉映照在大哥的計程車上，黃色的車輛，在暉芒的點綴下顯得很耀眼，像是有誰把溫暖的亮粉點點灑落在那裡。

我想像著幾十年前的這個時候，也是在這個太陽即將回去、月亮即將出來以前，有個穿著小深藍色大衣的小男孩，一雙期待的小手，牽著一雙厚實粗糙，歷經風霜的大手，與他最愛的阿公，散步到那個充滿濃濃麵茶味的巷口。

白色陶瓷碗熱熱的，捧在小男孩的手上。蒸氣隨著裊裊輕煙飄向天空，還有站得高高的阿公眼角的幾縷皺紋，與溫柔的笑臉。

男孩笑著喝完麵茶。阿公梳得齊整的叢叢鳥絲間，有幾綹白髮，他穿著襯衫、深色毛呢背心，和燙得平整的西裝褲，高高大大的身影彎下腰來，輕輕地為男孩擦拭著嘴角。

付了錢，在這條返家的路上，旁邊紅磚石堆砌的斑駁矮牆，牆角與石堆的接縫，幾抹嫩綠小草探出頭來。

背後的殘陽會溫柔地張開雙手，把牽著手慢慢走回家的他們，不偏不倚地擁入懷中，將灑在地上，透著橘黃色的雋永身影，拉得老長。

我看著漸漸駛離的計程車，心裡不禁想，大哥的阿公已經不在了，可是那年，那個燦煥的餘暉，今天仍在冷冷的日子裡，柔軟地輕擁著那個阿公眼裡永遠的小孫子。

這份像是牽著手的溫度，靜靜地透過玻璃窗，照進車裡，
像當年的蒸氣，繾綣搖曳地平躺在車內的每個角落，溫柔地牽起大哥的手，
陪著他這一世，永遠不會更改的名字，前往每個歸處。

那樣的陪伴，不知道他有沒有發現呢？

14

寫在雨天裡的愛

因為情感，人呀，
總是願意在任何形式的給予裡，小小、或大大地犧牲自己。

現在淩晨 1:28。

忘記自己是從什麼時候開始喜歡下雨。

喜歡灰灰的天，像水彩那樣深淺疊加以後，深色的地方就像再也承受不住重量，
抱著滿懷的想念，或是千百種的情感，下著毛毛雨的時候是悄然細絲，
或在傾盆滂沱的大雨來到這個世上。

每次當雨天到來，我總會想，這些雨水都是世人曾落下的眼淚，
曾經繞過每個人的迂迴情感，在淌下以後被蒸發。

於是當那些情緒過境，時間把它帶走，蒸發到天空裡去了，
也許後來它們遊走了無數次的輪迴，一次次地被篩分，長成澈

淨的雨水，

所以它們也有著憂愁、喜悲。
每當雨落下的時候，都是在對世人、對我們傾訴曾經，也或許是委屈地低語著過往。

在冬日籠罩的日子裡，我喜歡撐著傘看著人群的熙來攘往，
特別是這樣的雨天，總有不同的光景在路旁上演。

記得那天，我看見一個穿著深紅色大衣，戴著灰色毛線帽的媽媽，
在滿是雨水的路上，用臂膀和身體的弧度緊緊包著孩子，撐著的雨傘斜著一邊。

然後你會看到白髮蒼蒼，或盎然青稚的戀人，
在這樣的雨季，在那個傘下緊緊地倚著對方，
而總有一邊的肩膀，會因為被雨打濕而印著水漬。

你也會看到同齡的朋友，藉著水花恣意著青春打鬧，
這都是在晴朗的天裡，看不見的畫面。

後來這個寂靜無眠的晚天，凌晨 1:25。

我想著這些瑣碎細微的事。

因為情感，人呀，
總是願意在任何形式的給予裡，小小、或大大地犧牲自己。

比如媽媽在孕期的不適，因為愛著孩子而丟失的自由。
比如情人在冷天裡冒著風雨，只為前往彼方存在的地方，擁抱你。
比如為了寵物，我們總無怨懟地分一半的薪水，買牠的快樂。
比如在病榻前，你會看見愛著你的人，不計利益地悉心呵護。

我想愛是這樣吧，
儘管一個人走在人行道，安穩地撐著一把牢靠的傘，
卻總也比不上兩個人在一把傘裡頭，笑著跑過馬路，都濕了一邊肩膀的溫暖。

15

永恆的溫柔日常

年歲的湧浪，將他們推向不再交錯的彼岸，

時光送走了那段膠卷，也來不及留下副帶。

現在淩晨 12:40。

我想著喜歡，想著愛。

「愛是奮不顧身。」想起國中時的自己，曾在書包裡頭的一個小角落用立可白，毫無根據地寫下這句話。

在太多的事過境遷後，對於愛的全貌，被長大後的複雜定義得過於零散，愛是不是只是一場奮不顧身，好像也無法完整被參透了。我思索著小時候的記憶，關於愛情的長相，烙印在我心裡的第一個模樣。

時常讓我想起的，是坐在副駕駛的媽咪，與坐在駕駛座的爹地，他們就像被命運分配好，無瑕澄淨地待在屬於他們的位置，就像是再也沒有人能取代那個座位。

那是一個日光暖煦的冬天早晨，我們一家人要到遠處遊玩，爹地開著車，姊姊興奮地一直湊到爹地與媽咪之間的扶手，談論著不知道是什麼值得開心的話題。

車上播放著陳建年的〈海洋〉。

車窗外的光景一幕幕更換，像幸福來不及被抓取，下個幸福就已經迎頭趕來的樣子。

媽咪熟練地翻下擋光板，打開鏡子拿出化妝包描繪著眉線。

透過後照鏡，觀察著媽咪的表情，她很快就完成了這項日常。
我看見爹地，不時將視線望過去，那就像是在人群裡，忍不住朝著最喜愛的風景看的樣子。

「Nonno 妳看，只有化妝大師，才能在車裡把妝化得那麼好。」
爹地笑了，將右手覆蓋在媽咪的左手上輕輕地握起，再用大拇指在媽咪的手背上輕撫著。

「當然。」媽咪淺淺地笑了，把食指握起，像在偷偷告訴爹地，「我也愛你。」
陽光在他們身上平坦地包覆，把晴暖全灑在他們身上的每一處肌膚。

「媽咪很漂亮啊。」我笑著對照後鏡裡的爹地說。
「妳媽咪是世界上最漂亮的了。」爹地眼裡淨是柔情。

那天的風很輕，光線很純粹，我們被飽和的暖意柔軟地包覆著。

可是後來年歲的湧浪，將他們推向不再交錯的彼岸，
時光送走了那段膠卷，也來不及留下副帶。

也許有一天，我們都會忘了那天的溫度，忘了後來我們在哪兒下了車、忘了姊姊的笑容，也會忘了，在走過第二個觀光攤販的時候，爹地是用哪隻手輕輕地搭在媽咪肩上。

但他們的愛，在那個剎那永恆得好綿長，像再也不會消失那樣。

16

交友軟體

緣分是你每天醒來後的觸手可及，
而不是好努力好努力去掙來的獎賞。

前幾天收到讀者的來信，

她告訴我，在交友軟體上她都會太認真，然後對方就不認真了，
她總堅持著每段相遇都是緣分，所以都認真對待。

我想了想，
對我來說，交友軟體這樣的存在，就像是不斷生成且重置的編碼。

它會讓你重新連接上很多人，製造可能製造緣分的機會。

但之於我，緣分沒有這麼狹隘，緣分是花草，緣分是樹木，是每天早上起來你吸進的第一口，和每口氧氣。

是在你枕邊的人，可能是你的貓，你的狗。

可能是隔壁房的家人，也可能是室友。

是你在特別失落的時候，突然看見的那幾句網路語錄，或者是哪個觸動你的黃昏。

緣分是你踏出門後掉在你身上的那落雨滴，是攀附在你鞋沿的那些泥土，
是能聽到的笑聲，是社區的管理員，是路上碰見的小狗，還有正在忙著布置晴天的烏雲。

緣分是你每天醒來後的觸手可及，而不是好努力好努力去掙來的獎賞。

我們依然無感地享受每天的緣分。

感謝日月星辰，
感謝大海、感謝讓我們安然入睡的棉被，
還有身邊愛你的人。

在生命這條很短，但很深的道路上，
願你時刻覺知，然後時刻快樂。

17

成熟是可以模仿的

也許，人生最無可厚非的無奈，一直都不是成長，

而是我們總還沒學會成熟，

就已經不能再是個孩子了吧。

2016/12/01。

現在是淩晨的 1:15。

我發現自己好像一直都是個放不了過去的人，
尤其在月光半明不滅的晚天裡。

想到歌手馬頔專輯 Intro 裡的一句對白：「天黑的時候，人是會自私的。天一亮，我們就都回來了。」

我很常在恍神的夜裡想起高中時代，倒不是想起與誰的羈絆，
時常翻騰著的，都是和自己的片段。

每天早上五六點起床，
在冷冷的天裡帶著濃厚睡意，一臉惺忪地拖著身子，
換上制服，走到站牌等車、轉車。

早晨的空氣與公車總是很靜謐，人與人之間好像約定好了，誰也不打擾誰，安靜地蟄居在自己的框框裡，延續著剛剛還沒做完的夢。

有次搭往學校去的公車，
車上沉默得彷彿隱約能聽到些酣睡的打呼聲，公車轟隆轟隆地

駛過每個站牌，此起彼落的上下車讓空氣流動。

有些人上車，熟練地拿出卡票手機；有些人好像上車了才發現卡忘了帶，急愣愣地掏出錢包湊銅板。

偶爾下著雨的天，我會觀察著他們有沒有都帶著傘，有些較健忘的就這樣濕漉漉地上了車，用沾滿雨水的手去撥弄頭上的水漬。

我很喜歡靜靜地觀察著乘車人的動作，有些倉皇的、有些緩慢的。

像在小小的箱子裡，我們都有著自己的習慣，習慣又帶出了一點每個人的故事，
短短的十多分鐘，卻看見人生百態。

我常在這樣的氣氛裡失了魂，想像他們的早晨是不是也與我一樣想念被窩的溫暖，
是不是也和我一樣在晨醒時總有些胃痛。

我也發現，車上穿著與我相同制服的那些人是不按車鈴的，
很多時候司機會暖心地在校區停下，而有些會在快駛過校區前，
警告這些還在夢境裡的人要記得按鈴。

你會不會也覺得長大後的生活，也很常在追逐著自己的目標前，
我們總是要由他人的言語確認自己的未來，確認自己可以隨著
時光泛流到何處，成為被什麼定義的人。

小時候總不經事地宣告長大後的志向，這彷彿是每個人孩提的
記憶。
長大後再用現實，與太多的複雜，建起阻隔天真的帷幕。
彷彿害怕著太不柔軟的世界，擺弄著太過柔軟的自己。

遇到一些使現在自己怯弱的際遇，實在好想回到過去，
借一些過去的勇氣披在肩上，
再回到此刻，讓自己替自己撐起每個艱難的轉折。

你覺得是不是這樣？
也許，人生最無可厚非的無奈，一直都不是成長，
而是我們總還沒學會成熟，
就已經不能再是個孩子了吧。

18
孑然一身

「總有一天，妳會很想念我們的這個時候。」

那個氣溫有些高的下午，媽咪開著車載我到宜蘭，我們迷路時兜著圈，穿越無數個巷弄時，她這麼淡淡地說著。

不知道為什麼，這句淺淺的話，卻在我心上刻得很深。

比如在這個斑駁的夜裡，我又失眠了。
反覆瀏覽著這個時段再沒人更新的程式，又或者偶然重新整理頁面，可以看見哪個他也被回憶翻攪。

看著他們的呢喃，這個時候，那句話就會在我耳裡響起。

「總有一天，妳會很想念我們的這個時候。」

我們都是失去過一些什麼的，那些重要的漂流物，就像腳步搶不過霸道的浪，輕輕地就把本來銜在身邊的什麼給遺落，然後推得遠遠的。

想到這裡，我突然想起那天在超商遇見的遊民。

他穿著髒污滿綴的深灰藍上衣，領子的布面纖維，已經破損得沒辦法再立起來，
跟那件因為不合尺寸所以用皮帶硬繫著的工作褲。
整個人看起來像被太過銳利的塵世沖刷過，灰撲黯淡的樣子。

他拿著超商關東煮的紙碗，把邊緣用牙齒小心翼翼地咬平，像是在完成什麼程序。
我看著他胸前掛著一塊長條狀，被已經發黃的透明塑膠袋包裹住的物品，然後他不停用綴滿髒污的雙手交錯撫摸著。

仔細一看，原來那個透明塑膠袋裡裝著的，是隻已經死掉的老鼠。

他是被社會遺落的事情，包括這隻掛在離他心臟最近的老鼠，
不知道能不能聽見他的心跳聲呢。

我想他是因為害怕過於想念，所以把曾經能陪在身邊的事物，
逝去之後一樣帶在身邊緬懷，也許牠陪他度過好幾個被嫌棄、
一起瑟縮在地下道裡或路邊、被世界遺忘的寒冷晚上。

我想我們總是這樣吧。

放眼望去的注目落腳處，永遠都是遙不可及的渴望，
而近在眼前的存在，總是被日常抽絲剝繭，然後吞噬，
吐出來的都不是現在，而是過去的擁有。

儘管在夜半時每個人的失神，都是被壓縮太久的深層，
但至少知道此刻的所有在未來的某天，會被那個已經失去現在
的我們想起，也好。

每個人的一生裡總有一處沉重，
龐大得讓人喘不過氣，卻也鬆不開手的名字。

於是我們狡詐地把它別在心裡，掩埋，放下這段過往的氣味，

繼續負重地獲得與遺落，孑然一身。

19

太潮濕的想念

但我想這個雨天，這個光景會在我腦裡縈繞一陣子。
關於那個穿著樸素的爸爸，眼裡泛滿的溫柔，
還有那雙布滿泥土的雙手。

今天的城市是灰濁色的，
寒流將至，大雨滂沱，雨點黏膩地沾染在落地窗上。
我在候診室裡等著叫號，在這樣的天氣裡，長出煩悶的情緒，
索性無趣地看著身邊的人。

我看見一個男人坐在靠近遊戲室的椅子上，
他穿著厚重，前端沾滿泥濘的工用鐵頭鞋，腳邊放著施工用的黃色安全帽。寬大不合身的卡其色工作褲，褲身也爬滿了像是在工地上班時碰觸的污漬，和一件彩度不高、幾個色塊拼接成的立領汗衫，領子有些泛黃而且垂下。

他臉上印著棕褐色的幾抹曬斑，
黑色的眉毛裡潦草著幾束白絲，看起來很疲累。

他腿上放著小女孩的梳子、和粉紅色漆皮包包，在大腿與沙發的間隙落著兩個色彩鮮豔的玩具。

在他旁邊手舞足蹈，跳著像是從電視上帶動跳學來的舞步，
女孩有著純真澄淨的笑臉。

男人坐在深淺灰色相間的皮沙發上，椅墊最前端的地方，有磨損後的暗沉痕跡，
他用手撐著頭，眼皮時睜時闔，
在一閉上眼後沒多久，
就像是督促自己快醒來那樣，趕緊睜開眼轉過身看看女孩在哪兒。

在一次男人闔上眼時，他後頭玩著玩具的女孩迸地突然趴在椅背上，
水瑩瑩的大眼看著她的爸爸。

男人轉過身，彎起了一邊的腳，側坐著面對女孩。

「怎麼啦？」眼神裡淨是疼愛。
「沒有。」女孩臉上的笑容沒有散馨。
「爸爸，看牙醫可怕嗎？」
「不會呀，妳那麼勇敢，而且爸爸會陪妳怎麼會可怕。」

小女孩一知半解地點點頭，爬上椅子將自己窩進男人的懷裡，抬起頭用小小的手玩著爸爸的鬍渣。

然後我看到男人無聲地挪動唇瓣對女孩說：「I love you.」
「Love you.」女孩說，然後把揚著笑的臉湊上前，在爸爸滿是鬍渣的臉畔上輕啄了一下。

男人笑了，他溫柔地撫摸著女孩的頭，眼尾後的皺紋，像被女孩用甜美的畫筆勾勒出來。後來女孩去看診，男人著急地跟著進去。

窗外的雨依然下著，
我聽見小女孩緊張地尖叫哭鬧，醫生與男人悉心安撫的聲音。

然後半小時左右，女孩哭累了地靠在男人肩上，還一邊微微啜泣著，男人一手掛著安全帽抱著女孩，另一手護著女孩的頭，然後走到櫃檯，小心翼翼地放輕動作，把口袋裡的皮夾掏出來付帳。

「爸爸，看牙醫好痛。」
我看見小女孩依然趴在爸爸肩上，睫毛上沾滿眼淚小聲地呢喃著。

「對不起，爸爸帶妳回家好不好？」男人皺著眉頭，滿臉憐惜地伸出手輕撫女孩的髮絲，然後邁開腳步離開診所。

看著這樣的情景，不曉得女孩會不會記得，有個這麼愛她的男人，心疼她的每一滴難過和眼淚呢。

但我想這個雨天，這個光景會在我腦裡縈繞一陣子。

關於那個穿著樸素的爸爸，看著女孩的時候，眼裡泛滿的溫柔、不捨女孩時皺起的眉頭與憐惜眼神，還有那雙布滿泥土的雙手，都在這個灰撲撲的下雨天，為這個黯淡老舊的城市，和我已經太潮濕的心臟裡，靜靜地點起了一縷光華。

20

他，她的家

第一次看見奶奶跟阿公的結婚證書，
是在幫阿公做告別式紀念影片的時候。

第一次看見奶奶跟阿公的結婚證書，是在幫阿公做告別式紀念影片的時候。

那是一張有很多種代表著喜氣的顏色，背景點綴的，是盎然的樹枝上站著鮮豔的夫妻鳥。五十年過去了，紙張在時間的揉捻裡稍稍褪了色，上頭有四個用篆書的大字寫著白頭偕老，還有用手寫的祖父與證婚人，奶奶跟阿公的名字。

「你也很有志氣，就這樣放下直接走了。」阿公走的晚上雨一直飄著，就像那個淩晨奶奶的眼淚。

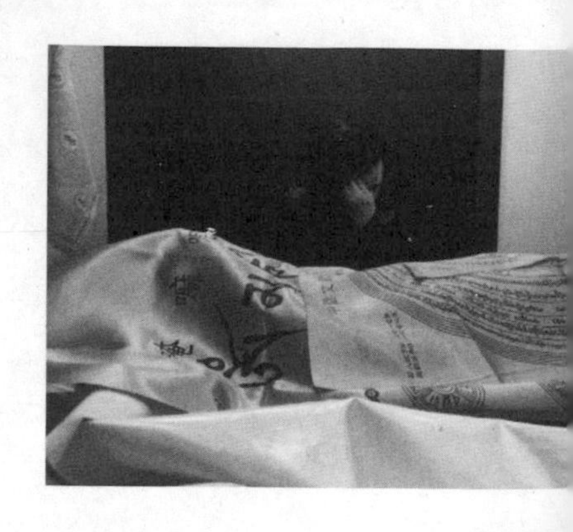

直挺的鼻頭紅了一塊，她坐在阿公床邊的凳子，緊捏著已經擦成碎片的衛生紙，把雙手放在大腿上，手上有著細細小小的皺紋與斑點，她低頭默默啜泣著。小小的肩膀微微顫抖。

奶奶哭得像是個做錯事的孩子，卻怎麼樣也無法讓總是處處讓著她的阿公起身抱抱她。

助念間裡的燈光很柔軟，像是特意安排的橘黃色燈泡。
我們都陪在他身邊，他像睡著了，然後突然忘記呼吸一樣。

阿公的離開很平靜，和他總是沉默與微笑著的樣子一般，像一股不太炙熱的陽光默默地陪伴著，然後在這個薄柔雨絲陪襯的晚上，默默地離開，輕輕地把我們交給月光。

我想起再年輕一些時的奶奶，她會在廚房裡忙上忙下，把最後一道菜端上桌時，她會向房間裡喊著，「老猴，出來吃飯哦！」「來盛飯！」然後轉過身對我們喊著。

菜餚的香氣會彌漫整個客廳，阿公會從掛著鏡子時鐘的那個房間走出來，他脫下上班時的白色襯衫，換上白色的薄背心和短褲，坐上奶奶家代表著一家之主的木頭單人沙發，然後捧起白飯，用湯匙盛起他最愛的奶奶的滷肉汁，淋上白飯，大口大口地吃著。

在晚年時阿公常常會安靜地看著奶奶，他的愛表現得很淡，卻能在他看著奶奶的眼神裡一覽無遺。

阿公也喜歡泡茶。

他會坐在奶奶家沙發座單人的那個位置，面向紗窗門，背對著佛桌。

記得總是下午的時候，準備睡去的太陽，會透著像是琉璃般澄澈金軟的陽光，然後從對面的屋簷下滲出來，流進阿公家的客廳，包括阿公那雙有著皺紋的手。

那雙有著歲月年輪的手，會優雅地微微翹起小指，緩緩地把沸騰的水倒進茶壺，這個時候阿公會再把茶杯放進已經染黃的茶水，微微翻滾幾圈後，溫暖的蒸氣襯著這樣軟黃的光暈，

像是夕陽西下，山谷裡的裊裊炊煙恣意上升飄浮，只是多了幾分平緩。

在等茶熟成的時間裡，話不多的阿公會參與我開啟的每個話題，比如與我聊他的過去、他的媽媽、他爸爸白手起家的家具舖子、與奶奶的相識過程。

阿公離開的第十四天，也就是第二個七，我們全家來到公墓為阿公誦經燒紙，冷冷的天淺淺吐氣都能散出白霧，天色很黑，映著飄散零稀的點點細雨。

家人正在廳堂裡讀誦著經書，小表妹告訴我奶奶不見了，我往門外一看，奶奶在墨色晚天柏油路上，往山下走去，路燈灑在有著一層雨水覆蓋的路面上，奶奶穿著暗紫色大衣的背影拉得很長。

「奶奶妳要去哪裡？」我追過去問。
「妳看。」在金爐旁的空地，奶奶抬起頭望向天空，「這麼多星星。」
「妳媽咪還小的時候，我們那時候在彰化，妳查某祖在北部，我沒辦法去看她，」奶奶把手指交疊，然後垂下來。

「有一天晚上，妳媽咪跟舅舅在彰化老厝的前院地板上鋪草席，坐在地板上玩。那時候不是每個人家都有電話，都是鄰居在互相幫忙接電報，
第一間雜貨店的鄰居就是幫忙接電報的。那時候他突然跑來按電鈴。我問他怎麼了，他告訴我，北部的親人要他轉告我，妳查某祖生病的情況更嚴重了，」奶奶的眼淚很零散，像她的思念一樣。

「那天的星星就像今天這樣，這麼多，我就抬頭看著天上跟老天求，希望如果祂們不能讓妳查某祖好起來，那就好好帶她走。」

我把手搭在奶奶肩膀上，輕輕地拍拍她，她接著對我說，「那時候至少妳阿公也在，現在我想念的人更多了，再也看不見的人也更多了。」奶奶吸了吸鼻子。

時間是會結深思念，也漸漸梳順悲痛的。
我們不會忘記那些已故的心頭肉，但他們會成為氧氣，落在你做的任何一件事情，一絲一縷都牽動著我們的靈魂。

阿公喜歡吃的糖蔥、虱目魚湯、雞屁股、還有高級的茶葉……
阿公走了以後的日子裡，奶奶每每經過這些攤販都會多看幾眼，她沒有說話，但眼神會先專注地看向那些商品，像是準備要挑選哪幾個好的一樣，

然後她的視線會漸漸變得模糊黯淡，再慢慢地走離那個攤販。

時間不會因為遺落了誰就停止向前，
後來的某天，我們一起回到奶奶兒時老家，猴硐。

那天的陽光很淺薄，蒼穹和空氣卻澄澈得剔透。日光靜靜地攀在奶奶身上。

我們走在鐵軌旁的小路，鐵軌已經斑駁鏽蝕，在棕色的軌道上迸出了紅褐色的氧化部分，

旁邊長滿了雜草，襯在遍布著的小石子底下。

小鳥在旖麗地綻放著此生的模樣，還有一隻棕白相間的貓跳過圍牆，落在對面屋簷上，奶奶指著那裡，說那就是她兒時的家。

小路的旁邊佇立著已經廢棄的煤礦工廠，水泥牆上有著白色的底與紅色字體刻著招牌字樣，很多部分已經崩落成支架，毫不保留地訴說它已經走過多少光陰流離。

陽光迎著它，它看起來像是個木訥敦厚的老人，靜靜地坐在那兒，看著無數的悲歡離合，目送了多少的失與得。

奶奶緩緩地走著，在一條巷子裡遇見一位與她年紀相仿的老婦人，

於是她們開始講起當年，滔滔不絕地像是碰到想念的出口，或是能夠連結她們與那些再也看不見的愛人羈絆。

奶奶說，她排行老么，當年最疼她的爸媽就是沿著這條路紅磚道送她上學。

當里長的爸爸長得很高，很瘦，有著文人氣息的臉龐總是對她溫柔地笑著。
被日本兵關了多年，出獄後，當所有孩子都長大，他們有了奶奶，因此對她所有任性的要求照單全收。

當年她六、七歲，寵溺著她的爸爸在烏黑的夜裡，奶奶想上廁所的時候還會抱著她尿尿，就是怕她蹲著不舒服。或者在每個水露綴滿清晨的上學途中，只要撒撒嬌，她就可以爬上爸爸的肩膀不用走路。

爸爸的肩膀寬厚，像是一堵能夠擋住所有風雨的牆，在好多年前以後的現在她依然記得。
後來她長大了，正值青春年華時，遇見大奶奶八歲的阿公。
帥氣的阿公是奶奶的初戀，騎著時髦的檔車帶著她進城看電影、吃飯、看夕陽。

懵懂無知的胡小姐，在十八歲時成了阿公的吳太太，然後陪他離鄉背井到彰化生活，在阿公的疼愛下，對父母的思念減薄了幾分，卻為未盡孝順父母的遺憾鋪了一條長長的路。

奶奶擔起了老人嘴裡的婦道，為阿公生了兩個白淨的兒子和一個可愛的女兒，把愛著自己和爸媽的心全揉進她的孩子與先生身上，但在最深的那塊地方，她仍是那個想對爸爸撒嬌的女孩。

後來奶奶的爸爸媽媽相繼去世，那是至今奶奶談起仍會泛起漣漪的疼痛，她從小到大的寬厚肩膀沒有了，於是依靠換人了，可是在她緊抓著還放不開的傷口裡，今年阿公的離開，又為奶奶添了一道結不了痂的傷。

奶奶這天說了好多好多。

那天，回程的路上，奶奶坐在車裡看著呼嘯而過的窗外景色，不知道想起了什麼，然後紅了鼻頭。

我想著在幾萬天的年歲裡，那些伴隨著奶奶長大，然後老去的柔情。

生命的無常，就像潮起潮落的湧洋，人總是會離散的，光陰注定消逝。
在臨終的大門前，他們沉默地道別，然後再溫柔地，放下那雙緊緊牽著的手。

在這樣有著日光照撫，淡灑著晴雲的季節裡，奶奶緩緩地走在這些樸簡古老的巷子，看著她手指的方向，聽見她口裡訴說著那些已逝的青春年華，與孩提青夢。

閉上眼，我細嗅著這些過往，走在這條好老好老的路上，像是能看見奶奶剪著瓜皮短髮，戴上小學帽子，穿著吊帶裙制服，小小的手掌牽著男阿祖的手，女阿祖倚僂在二樓窗帷旁，喚著奶奶回家吃飯的模樣。

慢慢往前走，在這條不斷遺落著年歲的路上，她逐漸長大，牽著她的人變成清瘦的青年，然後他們變得成熟。

繼續往前走，一個、兩個、三個，他們手裡慢慢牽起三個步伐不穩的孩子。

然後下個路口，孩子漸漸長大，於是他們的臉畔沾上了幾縷皺褶，
當孩子們都比他們高的時候，他們褪下赭黑青絲，長出了蒼蒼白髮。

孩子在下個街口成了自己的家，踏上自己的路，
奶奶扶著佝僂緩慢，拄著拐杖的阿公，走了好遠好遠，
然後在一個分岔，阿公突然轉身往另條路上走去，

奶奶在這個街口停頓了好久，她等著、等著，也等駝了背。
凝視著阿公的背影，直到阿公的步伐，與她眼眶裡的淚水讓她

再也看不見。

她流著淚，回頭看著那些走遠的他們，然後繼續往前走。

那些陪她拾起青春，拾起中老年與生命的一毛一滞，一沙一塵。
光陰推著腳步，
於是，她終於也放開了她這輩子唯一愛過的人，
她最後的臂膀，她的家。

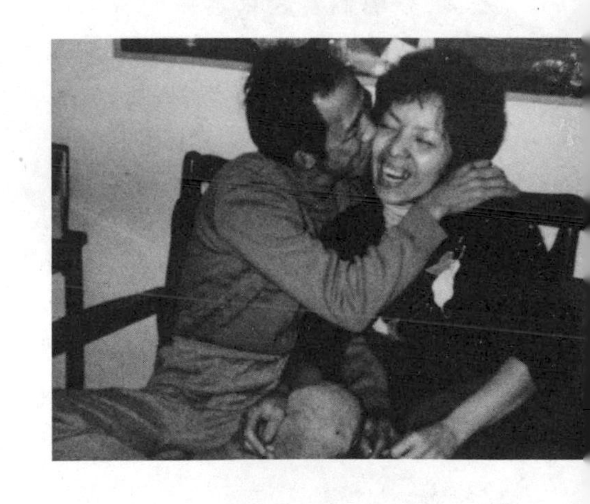

21

那些忘了自己活過的人

「我八十一歲了。」最靠近門邊的爺爺突然向我說，
「中風了，現在記性不好。」
他的腳邊掛著尿袋，垂垂老矣的笑容裡盛著開朗的靈魂。

這個晚天的氣溫很低，是秋末入冬的季節。

雨一陣一陣地下著，地上的水漬未乾，另一淌雨又止不住地下起來。
我撐著墨綠色的傘，站在這個看起來有些蕭索的小巷裡，右手邊有個看起來老舊的香紙舖，香紙舖裡頭有隻毛髮烏亮的小黑狗，正朝我們這裡望過來，不斷地揮動尾巴。

紅綠燈映著地上的水痕，把綠紅相間的霓虹既視感，抹上水露滿布的柏油路。

前方的綠色招牌寫著「××× 養老院」，我和妹妹走進騎樓進到裡頭，
和一樓的掌櫃打聲招呼，他是一個年紀約五十歲的中年男子。

我們向左拐了個彎，在樓梯入口右手邊米白牆上有酒精消毒噴劑，
我們把手抹勻整後就上樓。

倒不是說了無生機，房裡有很多能夠站起來走動聊天的爺爺奶奶。
家人正在阿公床邊悉心地餵著水果，怕阿公記憶退化問著一些瑣碎的問題，
醫護人員也遊走在每個病房瞻前顧後。

「我八十一歲了。」最靠近門邊的爺爺突然向我說，「中風了，現在記性不好。」
他的腳邊掛著尿袋，垂垂老矣的笑容裡盛著開朗的靈魂。

好像人的年少都要穿著時髦衣裳，所有想要的慾望成山成堆，
到最後就只有一副如風中殘燭的身體，與放在床頭的鋼杯裡，
裝著再也無心喝下的健康飲品。

我微笑著跟爺爺寒暄幾句，老爺爺說他兒女今天都有來替他擦澡，
「真的呀？爺爺好好命。」這句話快停止之前，

我從外籍看護那聽見他小聲地對我說：「他又忘了，爺爺的孩子們已經很久沒來看他了。」一陣心塞突然湧上我喉頭。

「阿公，我是誰？」我聽見在隔壁床邊的妹妹笑著問阿公。
阿公無神地望向妹妹，「我女兒。」阿公說。

接著我看見媽咪紅了眼眶。

返家後我待在房間，尤其在一切都靜止著的這個淩晨，
想起老人的笑容，爬滿皺紋的皮膚紋理，與阿公再無精神的視線。

人生是不是就是這樣呢？因為已經經過太多，
所以我們的身體再也無法承受裝載了太多的靈魂，
於是開始起了皺，彈性疲乏。

我也想起我們終有一天將會老去，
想著養老院裡那些插著管再也清醒不過來的老人們，他們會不會這樣想呢？

「在一望無際的韶華路途裡，

每流轉一個年歲，我就忘了一些自己。

要是可以，

在我還沒有化為塵土之前，在我已經開始不像自己以後，

我可能會做一些我自己根本認不得的事，嚷嚷著再也沒人能聽懂的話。

你能不能耐心地，陪我慢慢散步最後這段路，

讓我知道，有個人能把我的過往拾起，

讓我知道，我所熟悉的那個我，還在這裡。」

輯三

長夜

_ 替逝去，或終將逝去的，留下一些紀錄，與疼痛。

長大後，告別過去已經死去的自己，
才發現手抓得越緊，流走的越來越多。
所以寫吧，至少它會停在這裡，哪兒也沒去。

1

和世界和好的時候

好想念那個角落，

當利益僅是以快樂為度量衡的時候，

當好與不好僅是笑與不笑的買賣。

世界說了一句愛我，於是我把心都捧出來了。

後來，世界再說傷人的話以後，捧在手上軟軟的心像果凍那樣被攪碎，

在我手上黏糊糊的，我不知道那變成了什麼，反正不是心。

我聽著好久以前的老歌，讓這些音軌把我拉回還沒有遇見那麼複雜的壞事的光景裡。

依稀記得還小，公車還有拉鈴的時候，那些綠色的繩索在車子行駛時，

隨著顛簸飄飄蕩蕩，像那些漸漸遺落的過往，擺弄著記憶前進，然後抖落好多的回不去。

那時司機穿著白色，有著輕淺細灰條紋的襯衫，總在胸前口袋放著白色的菸盒，鼻梁上躺著金邊眼鏡胖呼呼地，跟上車的孩子挨個打招呼。

他也比現在看過的司機都還要快樂很多。

小時候的車票不是悠遊卡，是紙做的一格一格的點數，老司機會揚起笑容，
用厚實的左手把車票拿過去，再用掛著銀色手錶的右手，
拿起剪票器，喀嚓一下剪掉一格。

後來我覺得，那彷彿是剪掉一些些我們的歲月、一些些年華，
然後不知不覺，我們拿在手上的，變得不是軟呼呼的一張紙卡，
而是沒有格數，在肩上無以衡量的重量。

這些記憶很零散，我說不出它代表著什麼，
就像是在被決定要不要被記起的標籤以前，就無來由妥善地被安置在一個角落。

好想念那個角落，
當利益僅是以快樂為度量衡的時候，當好與不好僅是笑與不笑的買賣。
我跟你好，我跟你不好。跟你好，因為你個性好，因為你會玩

遊戲，因為你好玩。

這個夜晚，我又想起來了。
有那麼些時候，我會慣性反覆地咀嚼這個片段。

上小學的第一天，奶奶在餵完我旁邊襯著濃稠的褐色醬油，
煎得金黃的蛋餅早餐以後，笑著牽起我的手，搭上早晨的公車。

下了車我們走進學校，學校中央，有一株大榕樹在裡頭的圓環花圃，
我們彎向右邊，經過長長的走廊和小小的廁所，很多孩子都已經到校了。
耳裡充斥著此起彼落的稚嫩嘻笑聲，我到現在都還記得。

後來奶奶站在教室後面鬆開我的手。
「要跟其他同學好好的喔！不要吵架，要聽老師的話。」
她溫柔地將我的帽子拿下，幫我放進後紅色背包裡，再把拉鍊拉起來。

直到現在，奶奶已經白髮靄靄。

此刻，也就是過去的很久以後，我仍會在我厭惡這世界，

想和長大的自己絕交的時候，
我總是想起那個學校、那頓早餐、奶奶的笑容，想起這句話。

「要好好的、不要吵架、要聽話。」

2

人生太短了，所以用力討好自己

真的希望我們都別在愛裡迷失自己，
也別丟失了每一次重新站起來的勇氣。

失眠是思念構成的吧，我想。

所以在這個依然捨不得睡著的夜晚，我回想每次、每段感情的無條件原諒，都有種從心底很深很深的地方被勾起，然後掏空了的感覺。

你知道吧，人與人之間的相處是這樣的。
相知很容易，相識很容易，
但相惜，卻只能倚賴在人一個個飄渺不定，連自己都無法撫平的心。

你愛上了一個人，那沒有任何保證，
買不到保險、沒有保固也沒有正確使用方式指南。

賭的不是能隨時抽離的實質籌碼，籌碼和本錢是你捧在手上的心，和硬拎著的勇氣，賭一次多在乎對方、也賭一次對方能有多在乎自己。

人心瞬息萬變，潛移默化的念頭，有時候連自己都沒警覺。
往往在這個街口走著走著，到下個轉彎的巷弄，就丟失了愛著的他，或被愛的自己。

再多的承諾，絲絲縷縷的體溫或不曾絕耳的我愛你，
無數次的檢討反省，從來沒能戰勝一顆不定的心。

珍惜、善待、同理心。

好嗎，你說好嗎。人生之短暫，別白費對方，也別白費了自己。

每個人都知道，恆久相處的基本條件，
報章雜誌與無數的語錄，或世界上億萬本書都曾說著，
你要珍惜、你要愛人、可是也別忘了愛自己。

但又有誰能隨著時間的抽絲，最後仍擁有著細膩的對待，和珍惜的心態？

也因為人心飄浮，再多的當下認為可以、做得到，
都有可能在說出口的下一秒改變它的堅定。

可是那些愛、那些想被相信，想馬上給予的炙熱，在當下又是確確實實地存在。

愛一個人，和愛自己裡，看見哪邊都能好好抓著的平衡很難，
在自己的底線，和對對方的情感，要達到平衡，更是永遠都需要琢磨的稜角。

真的希望，我們都別在愛裡迷失自己，
也別丟失了，每一次重新站起來的勇氣。

人生太短了，所以用力討好自己，找回自己最想成為的樣子，
誰都別委屈。

今晚就這樣吧，
晚安。

3

這世上根本沒有感同身受

所有站在你不快之外的過路人都像觀眾，
道貌岸然地對你嚷嚷著一些進不去心裡的話，
因為他們都不在你裡面，
所以你的疼痛都只是被風微微撫弄的搔癢。

說不上來那種感覺。

比如等了很久的包裹，在你衝出門前要趕上那班公車的時候，
快遞出現在你家門前，拿著寫上你名字的包裹在找門牌。

比如在溫度回升的日子裡，你還是穿著前幾天氣溫驟降時很保暖的發熱衣與羽絨外套，所以你走在雜亂的人流裡，每個人都顯得恣意，而你看起來，卻渾身不舒坦的那種不合時宜。

雨下了很多天，腳也冰了很多天。

這個冬天來得很遲，卻鏗鏘有力，
像要把過去沒有感受到冷冽的人都擁抱一遍才甘心。

我邊看著人來人往的景象，邊站在地下道入口的馬路邊等紅燈，
說不清楚自己心裡的不快，

不知道你有沒有那樣的日子，覺得一切都不是心之所向，
然後偶然出現的積極開朗一瞬間又都抓不回來。

我穿著黑色跑步鞋，在濕漉漉的柏油路上來回磨蹭，鞋子平緩滑過，
在鞋底下擦過路面時，讓腳板感到悶悶的崎嶇感，有鞋子滑過的那麼一瞬間，
柏油路上的坑疤被抹乾水漬，然後下一秒周圍的水痕又回流過來。

如果柏油路不想被雨淋濕的時候能做什麼？

不，或者是說，當柏油路已經受夠了這樣的潮濕，不想再支撐越過它身上的所有人的時候，它會想做什麼？

什麼也做不了吧，是不是。
我看著腳下的柏油路，想著這樣的無聊對答，卻在心裡升起了一絲對它的憐憫。

那種是，當你不想成為自己，生活中的所有又必須要你成為你的時候，
你是不是也跟我腳底下的柏油路一樣沉默，是不是也沒辦法翻身，或者換個姿勢去討自己歡心。

畢竟在長大以後你都不是你，什麼事情都沒有那麼單純了。
而所有站在你不快之外的過路人都像觀眾，
道貌岸然地對你嚷嚷著一些進不去心裡的話，

因為他們都不在你裡面，
所以你的疼痛都只是被風微微撫弄的搔癢。

好像他們越藐視你放在心上的小石子，你就會更好過一些。
他們以為那些砂石只是在你手心，你放開就好。

但事實上他們不知道的是，那些石礫根本不在你手裡，
它妥妥貼貼地埋在你眼皮裡的框邊，那會是很深的一個角落，

在你偶爾轉動眼球的時候會看見它，然後再轉向其他地方的時候，
它會毫不猶豫地將你割傷。

然而，只是所有站在你身邊的人，一看見你流淚，

只會淡然地對你說：「把手放開吧，這樣抓緊石頭不痛嗎？」

可是，他們始終不知道你真正痛的地方在哪裡。

然而在這樣的日子裡，他們的諒解很不合時宜，
後來你的悲傷，也都不合時宜。

4

盡量好好活著

還沒活過，就老了，

還沒咀嚼，就胖了，

還沒緊擁，就遺落了。

我睡不著。

好像不知道從什麼時候開始，開始覺得自己被掏空。
像在窮途末路的死巷裡，踏著一樣的腳步，不知道年歲會將我們流離到哪裡。

所以過著別人嘴裡說的人生，開始把自己擺在別人嘴裡，寄放著。
其實好像沒打算拿回來了，但就當作寄放著，他們說好就好，說不好就不好，反正就是放著。

坐在公車最後排，靠著窗邊的我這麼想著：
「窗外的景色依舊，但其實每天都不同吧。
比起做杯讓人魂縈的紅酒，我更想做一杯開水。」

可是在這站下了車的老人穿著黑褲，
和已經洗鬆了的紫色立領上衣，手上提著一籃水果。

她在下車的時候腳步有些笨重，右腳踏下地板的時候身體微微地傾斜，
如果一個踉蹌就大概摔著了吧。

可是她好像不在意，她也沒注意到，
有隻黑色的小狗正披著光亮的皮毛，閃爍著此生的模樣，
小狗在經過她時抬頭看了看她，但她沒在意，也沒發現。

下個公車站牌站著一對矮胖的老夫婦，
他穿著淺色藍白相間的襯衫，肚子圓滾滾的，把上衣紮在灰色的西裝褲，
皮帶很緊，上面的扣環隨著太陽的映照微微地亮著黃光。
她穿著一襲黑色，寬鬆有著鉤花和內裡的大洋裝，看起來很新。
我猜想是為了什麼場合特地去買的吧。

這站是火葬場的停駐點，他們是不是也丟失了什麼。

我們，好像，總是，
還沒活過，就老了，

還沒咀嚼，就胖了，
還沒緊擁，就遺落了。

等到來不及珍惜的，都走了。

但幸好，我們都還活著，
都有能力，再真的愛一次。

今天先這樣吧，晚安。

5

你真的看過自己嗎

我們看著自己樣子的時候也跟別人一樣，
右眼看到的是自己的左臉，左眼看見的是自己的右臉。

有那麼一段日子我就像是瞳孔被掏空的眼球。

我看著，但也沒看著；我呼吸著所有來自身邊的氣味，
但覺得那些除了酸澀以外都沒什麼。

我聽著，但也沒聽著，從我眼前流過的那些文字都是沒有生命的，
好像哪個雨天浸濕我腳趾頭的水，也不小心泡壞了身體裡某部分，
泡壞了那個能讓自己感動的鈕。

苦悶煩躁得很悠長，

好久、好久沒能被什麼打動了，

但這趟喪失感知的路程似乎沒有要停下。
那種感覺有點像你在一個森林裡迷了路，
不斷地在原地打轉，於是你頭暈著但沒有吐出來，
但久了也開始習慣了這樣的旋轉，然後把它當作正常。

所以在這個大家都睡著的晚上，
我想著那些好久以前的悲痛會讓人成長，但是人都畏懼悲痛。

每個人都是害怕脫離舒適圈的，
所以所有冠上分開的詞彙，都帶著一點憂傷，
斷絕、離開、分裂、離散、

包括分手、包括道別、包括死亡。

我覺得都是一樣的，不喜歡那些不讓自己持續的事。

就像偶爾我們被生活際遇攻擊以後，
隨之而來轟隆巨響的憤怒，但事實上是把那些攻擊的內容抽絲剝繭之後，
那些惡意裡頭坐著的，都是最赤裸的我們。

因為不想承認、害怕自己最脆弱的那部分被勾起，因為害怕最沒有防備的神經被別人恣意輕挑，所以用憤怒包住自己，好像你吼的聲音越大，那些輕聲細語的實話，就越不能隨著呼吸，隨著那些氧氣滲進毛孔裡。

我們都是不誠實的人，因為誠實又是那麼輕薄易破的事。

因爲誰能保證當你坦誠地面對這世界、面對你最愛的人，他們就會裹著柔軟接住你呢。

所以洗完澡的現在，我看著都是霧氣的鏡子裡這麼想著，
面對看到我們的人，他們站在正對面，

他們的右眼看到的是我們的左臉，他的左眼看到的是我們的右臉，
而當我們與他們並肩同行時，我們就無法看著對方的雙眼。

在這個瞬間看見床頭鏡子裡的自己，
突然意識到，我們看著自己樣子的時候也跟別人一樣，
右眼看到的是自己的左臉，左眼看見的是自己的右臉。

那是不是代表在這個世界上，我們從來就沒有能夠看見真正的自己？

也沒有人能真的站在我們的位置，好好地看看我們。

我們看過真正的自己嗎？
不管戴著口罩、眼鏡、隔著螢幕，墊著皮囊彼此擁抱的心臟，
我們從來沒有什麼時候是完整的把自己鋪平，好好地被陽光曝曬，

總是扭著身體，讓皺摺藏著一些斑點、一些瘀青後留下的暗沉，
只因為我們想好好被愛。

我想有的時候當你遇見某些人、或是思考自己的原生家庭，
你會曉得，讓自己失望已經不是什麼足以置喙的大事了。

那些讓我們說不上嘴的自己，端不出檯面的那份灰階，低彩度的存在，
為什麼會被隱藏起來的原因，大多都是因為，我們不想讓別人失望，我們還不想讓別人失望。

我們不想讓他們知道，在被粗體字與斜線標註的自己以外，
那些敘述裡的內容還有更瑣碎的事。

只因為我們都不想輸給那個，不是理想的自己；

又或者是，在理想面前，我們從來都不能只是自己。

從來都不能只是那個，還不夠好的自己。

6

散步一段就別離的過客

我在返回的途上，

擁著你的餘溫，逕自在蕭索的回憶裡，

享受著，只屬於自己的蹣跚。

在我印象裡他是一個很自由的人，

今天睡不著的故事是他。

留著及肩的半長頭髮，有點自然捲，總是將它紮成武士頭，眉宇透著不羈。皮膚是健康的小麥色，快要一百九十公分的他，很高很壯，喜歡搖滾樂、是個小樂團的主唱、是我的學長、是我喜歡的對象。

那是一個很冷的冬晚，我和姊妹在宿舍裡，一起窩在我的床上，裹著毯子和棉被，每個人手裡，都捧著裝有熱可可、或熱牛奶的馬克杯，我們笑著說著，認真地青春著當時的青春。

後來他撥了通電話給我，告訴我團練結束了，他想來看看我。「嗯，好啊。」我故作鎮靜地回覆，然後掛上電話，抬頭看向姊妹們。

發現她們也看著我。

「啊！！！！！」然後我們抱著對方尖叫。

那個冬天，那群粉紅色的我們，總讓我很想念。

「妳要穿什麼？他要到了嗎？」朋友B比我更著急地跳下床。

「要到了，我也不知道啊。」我緩緩地爬下階梯。

「那就只能這樣了吧，妳戴個隱眼好了。」Z坐在床上看著下舖的我。

「但妳穿睡衣耶，還是妳披個毯子擋住？」P靠在Z身上，大大的眼睛看向我，傻呼呼地說著。

於是我也傻呼呼地戴上隱形眼鏡，穿著睡衣，披著我不喜歡，但很保暖的凱蒂貓毛毯走下樓。

他會在我宿舍樓下是很正常的，但我總覺得那像個驚喜，依然令我怦然。

他就坐在女宿前的花圃石階上，戴著耳機，好像完全沒發現我的到來。他總是很專注在跟音樂有關係的時候。

「先生！一個……」我湊近他，然後往他旁邊的空位坐了下去，想分散我的緊張，所以想硬是開個玩笑。

這個時候他也轉頭，眼神深邃地看向我。
「一個……人嗎？」我支吾地說。

「妳不會冷喔？十五度耶！」他看著我穿著短睡褲的腿。
「不會啊！你才冷你冷爆了吧！」我緊張得，根本不知道我在拿什麼填這片空白，然後他看向我披著的凱蒂貓毛毯。

「不冷就好，那陪我去抽菸。」

我點點頭，跟在他的身後，一起走向學校裡可以供人抽菸的湖畔。然後一邊想著剛剛我說的那串蠢話。

那個晚天的月亮很美，像羞澀地和天空借了些雲絲遮住自己的半張臉，但依然怔怔地亮。

他點起菸，規律地呼吸著。我一直沒有說話，直到他停止了沉默。

「我唱歌給妳聽？要不要。」
「好啊。」我看著湖面，心想著因為如果我看著他我一定會融化。而且這裡地板很髒我不想倒在這裡，天啊我在想什麼，白癡嗎。

「認真聽我唱。」他摸了摸我的頭，弄熄最後一根菸，然後丟進湖裡。

他輕輕清了喉嚨。

「我是你可以對飲言歡的朋友，你從不吝嗇催促我分享你的快樂，你開心的時候總是揮霍，你失意的片刻總是沉默……」他小聲地哼著。

「你從不忘記，提醒我分擔你的寂寞。」他看著我，吸了一口氣。

「你從不知道我想做的不只是朋友，還想有那麼一點點溫柔的放縱，
你從不知道我想做的不只是朋友，還想有那麼一點點自私的占有……」

難怪他會當上樂團主唱。
我緩緩將視線挪向他。

平穩溫柔的聲線停止了，但眼神卻像和歌聲交接那樣逐漸穿

透我。

他大概不知道我現在已經害羞得七葷八素了吧。

「妳的眼睛很漂亮。」他說。

「……」

「妳幹嘛。」他低下頭。

「你都這樣把妹嗎？」

「沒有。」

「爛招耶……誰會答應啦。」我會。

「哈哈哈哈！沒有人會答應嗎？」他直起身點起另一根菸。

「誰會啊！」

我會啊，我會。

想著令我心動的那些，然後回溯到與他的末端。

後來我們沒有正式交往，卻給了彼此一段荒漫柔情的歲月。

分開的理由也不是多正當。

記得當時他說，他很喜歡我，但就像我們賞著夕陽的那份情感，如果真的擁著太陽，彼此一定會灼傷。於是我們哭著擁抱，再哭著放開對方的手。

我還是挺想念那些光景，有時候，思緒會馳騁在你那溫柔的聲線裡，然後靜默倏忽地戛然而止。

也許從剛開始，我們只是能陪著彼此的理想，散步一段就別離的過客。
只是那時將自己的理智流放，伴著彼此的自由，到遠方逃亡。

在我躍過你再也勾不著的山岳以後，你放開我的手，要我回到歸處，

而我在返回的途上，擁著你的餘溫，逕自在蕭索的回憶裡，
享受著，只屬於自己的蹣跚。

到現在都能記得當時的疼痛。
可是，謝謝曾經那麼炙熱的我們，謝謝青春、謝謝勇敢。

7

青春，青春

「在燈昏灑滿的未知裡，

時光仍不斷把我向前推送。」

凌晨 3:22。

想起那個下午，趁著不用上班的空檔，我重新踏進國中的校園裡。

和暖得有些炙熱的陽光，鋪滿校園屋頂、大門、前操場，和樹影間裡的每一幕觸手可及。

警衛已經不是以往的那個總是笑吟吟的胖伯伯了，換了比較年輕的一個，

靠在警衛亭油漆斑駁的牆面，正皺眉著滑手機。

他穿著灰色的跑步鞋，有些污漬在靠近腳跟的地方。

鞋子旁的地板上，牆角有一株小小的嫩綠，細微地剔透著。

校園的所有都沒有變，一樣的前方操場、一樣的大樹，一樣的司令台。
有幾個男學生穿著我熟悉的運動服正打著籃球。

我轉了一個彎，穿過川堂，一陣陣柔軟的微風像陪著我一樣，伴著回憶一起繞過走廊。

我踏進以往教室的那棟樓。灰色的樓梯上躺著不知道哪裡來的幾片枯黃落葉，
地面上有被學生草率用拖把打掃過的痕跡，在陽光的烘蒸後，像幅小孩信手的畫作。

記得過去和最好的幾個朋友，都曾嘻笑地在這個樓梯上打鬧。
他們都到哪兒去了呢？過了好久後才回到校園的我，不禁有些傷感。

過去的教室在走廊的盡頭，於是我繼續挪動腳步緩慢地向前走，每走一步，就像按下了幻燈片的開關。

我轉頭看向教室，想到在那年的某個冬天，大家冷得將自己帶來的外套反穿，

女孩們各個繫著毛線圍巾，時間在紙條送來遞去間流逝，我們都等著下課，聞著蒸飯箱的味道等熱騰騰的午餐。
我透過窗戶看見這個教室，裡面的黑板上寫著二〇一七年，什麼時候那個自己走得那麼遠了呢？

我小心地走著，像怕聲響如果太大，過去的回憶會被自己驚擾。
於是慢慢地走到過往的班級外面，景色依舊，不知道為什麼紅了眼眶。

校園的深木頭色桌椅依舊沒變，擺設也沒有多大的挪動，
有些抽屜裡放著衛生紙，桌面上的透明墊裡墊著幾面紙張。

似乎看到過去的自己和同學們坐在裡頭，開心地吃著彼此的點心，
聊著現在好懷念好懷念的日常，然後總會有一些男同學在布告欄前面打鬧，
因為動作太大不小心撥弄了掃具，那些血氣方剛的氣息和情感。

好像也看到了考差的自己與同學，在課堂上被老師責罵的樣子。
還有每個必須開朝會的早晨，大家急忙吞掉早餐跑出教室外列成隊，
然後也總是打鬧吆喝著下樓梯。

我走進教室站在講台上。

突然覺得時間像一場不會停止的大雨，
那些雨水沖走了我的銳利和稚氣、一些夢想、與勇氣，和好多已失聯的他們，
還有這個教室裡，那個屬於我的位置。

過去一幕幕光景像在平日裡潛伏著的躁動，
在這個時候，伴隨著眼淚溶溶密密地前來。

我陪過去的自己在那裡待了一個下午。

離開的時候打球的學生已經散去了，暮色也把學校添了一些低彩度的妝點，
暖陽的餘暉映在我的側臉，曬乾了我薄薄的淚痕。

走過警衛亭的時候，向警衛點了點頭，他也是。
然後我慢慢地走到離學校不遠的站牌搭車，從前的我也是和同學在這裡等著回家。

佇立在這裡的站牌，跟過去相較起來變得有些黯然，

我猜想著它就站在這裡褪去一身色彩，目送了多少的歲月與成長、捨得與失去。

即使擁有得再多，現在的日子與過去相較起來，總讓我覺得過得有些灰黃。

上了車，坐在公車靠著窗的位置。

車開動前，看著車窗望向車外，彷彿看見過去穿著制服的自己，
站在站牌前面，
全班的同學站在那個我的後面，日暮照在他們身上閃爍著斑斕的絢輝，他們依然彼此笑著鬧著。

然後車開動，
站在最前面，別著髮夾，不經世事的那個我轉頭望過來，
帶著柔和的笑容，向我揮手道別。

車越開越遠，我也伸出了手，輕輕地向他們揮動。

不知道屬於我的那台車，未來會隨著流年開向何處。
在燈昏灑滿的未知裡，時光仍不斷把我向前推送。

但我知道，過去的那個我，
會永遠在一個角落活著，

好好地笑著、夢著、哭著，活著。

8

被跳過的季節

「那個冬天，那個灰色的你和尖銳的我。
這個冬天，這個迷惘的我和淡白色的你。
我們早已踏入不同的季節，即便我們感受著一樣的溫度。」

很想念那段簡單的日子。

在吃完中餐大家都忙著打掃時，我蹲在椅子旁，一邊緊張兮兮地注意老師的目光有沒有向這邊望過來，一邊用深藍色制服大衣蓋著手機等你的電話。

你總是很貼心的在我們掛掉電話之後，再傳一封簡訊給我：
「天氣變冷了，多穿一點不准感冒」
「要乖乖上課，不要不聽話」

忘了是我要求還是你主動，你的舉動總是讓我感到很安全。

早上6:30你就會準時打來，但其實6:25我就醒了。聽著你叫我起床的聲音賴在床上裝睏，只是想在煩雜的一天開始前，多揮霍點你對我的疼愛。

命令你手機桌布只能有我，於是你把我的三張照片合在一起，告訴我你最喜歡這三張，告訴我你最喜歡我的眼睛。

哦，對了，記得那時候我剛學會戴隱形眼鏡。

喜歡你的家人在我們講電話的時候一直好奇我是誰
喜歡你的大手，喜歡你寬厚的肩膀
喜歡你成熟的字，被我逼迫寫下幼稚的話
喜歡你說我是你的腦內啡多巴胺
喜歡出門時，同學總是猜著你是誰
喜歡他們對著手機裡的你吼:「你是不是×××的男朋友啊！！」
喜歡你總是溫和地對她們說：「哈哈，妳們自己問她。」

冷冽潮濕的天氣占據高中二年級的整個冬天，百褶裙、黑色毛衣背心、紅色領結，和一個總是陪我聊到深夜，確定我要睡了才肯睡的你。

下午 6:00 回家路上在 602 公車上，剛好那也是你的下班時間，只要你不加班這個時間就能回家了，但你總是加班到 7:00。

我握著手機，思緒跟著那封還沒傳來的簡訊飄到你身邊。
不專注地透過布滿水滴的玻璃看向窗外，OK 超商外，滿滿的都是別校的同學等著公車回家。

你什麼時候會打來呢？

剛開始總是「下課了吧，快回家，我下班打給妳」或是「有沒有穿多啊我的王子」、「吃飯了嗎，我今天一樣要加班」。

到後來是「×××，好想妳」。

不成熟的年紀、不成熟的思緒、不委婉的處事方式。

我們的結束很草率，我寫給你一頁長長的簡訊，
隔天你回覆我：「認識我之後妳很不能專心做妳自己的事，像吸毒一樣總是沒辦法控制自己的情緒，那時候不成熟的我總是讓妳的思緒忽高忽低」等等。

於是，十二月末我們結束。

現在我們走在完全沒有交集的路途，除了 line 換大頭貼你的留言從不缺席，除此之外我們再也沒有任何交集。

有時候覺得人生很奇妙，當初悲痛愛歡得無以復加的羈絆，隨著時間就像一絲一縷地抽紗般，到最後，只剩若有似無的記憶。

現在你有個交往多年的女友，我很替你開心，那些過往只是說說，只是我愛亂惆悵的個性。至少在我之後，你能夠擁有一段完整的感情。

常常想著，如果那時候的你來到現在的我的身邊，我們的結局會是如何呢。
如果當初我維護著你想維護我們感情的念頭，現在的我們會是怎樣的呢？

那個冬天，那個灰色的你和尖銳的我。
這個冬天，這個迷惘的我和淡白色的你。

我們早已踏入不同的季節，即便我們感受著一樣的溫度。

總之，謝謝那些人教會了我們一些什麼，
比如一段簡單而難得的回憶。
和什麼是靜默而高亢地喜歡著對方。

9

順手就殺了一個人

那些被擱淺的惡意，

陽光會替我們曬乾它們，你的心會被時光包紮，

我們終將能笑著，往前、往前，跌倒了，再往前。

有一陣子對網上或生活中的惡意都感到反胃。

比如太明白同事、朋友，身邊那些NPC的言不由衷，當他們這場戲演完，準備延續下一場的時候，像瞬間重新投胎一樣，忘了他們曾說過什麼話，把臉打腫了地繼續扯謊，但其他人隨之起舞。

比如勾搭上有婦之夫的人，淡然地說她不需為對方妻子想，因為各取所需，可是在她的社交頁面上寫著自己有多溫柔，然後在每篇文章裡賣弄著文字，形容自己有多善良。

比如在求學過程曾經霸凌過同學的女生，讓那個被霸凌的同學每天被煎熬拖著下陷，但最近卻看見她嫁了個富豪，生了個白胖的娃，過著貴婦生活，然後在社交頁面上寫著自己是個多正

義凜然的人。

或者看見網上的蓄意刁難任何一個公眾人物，看過太多酸民把人與人之間的尊重視為草芥，只因為隔著螢幕，就能不修辭彙地翻開別人的傷疤，加上自己的語言悉心點綴，就像撒上自己喜歡的辛香料以後，把那活生生的人端上桌，在公開的平台裡上架，可那些指控裡多半是雞蛋裡挑刺。

於是這場公審儼然成了嗜血野獸的盛宴，在底下留言附和的每個成了揮刀的劊子手，大快朵頤著被害人最深層的脆弱，分享著共業的刺激，

好像扒開別人一層皮，他們就能在偶爾太過寒冷的世界裡，再暖一些。

可是大家都忘了，暖血會乾，最後附著在你臉上的只有斑斑不堪，

你不會記得他的眼淚，因為眼淚是透明的，
在你變得邪惡時成了血色的瞳孔裡，你看不見。

他能有多幸運，和他有多壞完全無關，
很不甘心對嗎？

可是我有時候總會想，和他們不一樣就好了，知道自己已經是和他們不一樣的人，你不會把事情做成這樣，

因為你不是，這樣就好了。

10

他們的壞，與你會多好無關

我想在世上所有的裹著壞意的磨難，

就像前仆後繼的浪，

想把認真航行的船都擱淺。

某個下午，我踏進人潮擾攘的郵局，當我把包裹寄出，順暢地把寄件資料收進包裡，我看見一位頭髮斑白的老爺爺戴著灰白色的卡車帽，一步一步地走近櫃檯。

他有些重聽，所以說話聲響很大，櫃檯阿姨皺起眉頭不客氣地要他把要寄的信件黏好。

「借個膠水好嗎？」爺爺大聲朝櫃檯裡吆喝著。

「膠水這樣黏不起來，你用膠帶黏。」阿姨遞出了膠帶台，爺爺的手不聽使喚地抖著，緩緩地拉出膠帶，在準備黏上信封時，因為手不方便，將膠帶扭曲地黏在一起，他微微地皺起了眉頭，看著纏繞在手上的膠帶有些無助。

「爺爺我幫你好嗎？」我把準備走向門口的腳步挪回來，「好呀！謝謝妹妹。」爺爺笑著看向我。

於是我把膠帶台挪過來，謹慎地黏著信封。
我看見爺爺要寄往的地址是黑龍江縣，「隨便黏黏沒有關係，我這老傢伙的東西沒人要了，我八十六歲了今年，只是想朋友，想家。」爺爺轉過來對我說著。

於是我把膠帶更仔細地黏得更緊，然後代爺爺交給櫃檯阿姨。

我離開的時候，爺爺朝著門口對我揮手，他笑著。
太陽的一半遮了起來，光線銳利又柔和地照著這裡，很暖和，像那個笑容一樣。

我想，只要知道我們在長大的過程裡慢慢不一樣，那就好了。
知道自己有傷害人的能力以後，可是又發現自己能給予別人溫暖的瞬間，那就是成長了。

所以我想沒關係的。
他們的壞，與你會多好無關。

我想在世上所有的裹著壞意的磨難，就像前仆後繼的浪，
想把認真航行的船都擱淺。

可是你天生有艘穩固的船，溫柔的槳，良善的帆。

越過那些於你之外的是是非非，刺痛你的尖銳駭浪，
可能有時候會不小心進水，滲透我們的脆弱。

但相信我，好嗎？
陽光會替我們曬乾它們，你的心會被時光包紮，

我們終將能笑著，往前、往前，跌倒了，
再往前。

11

期待是一條高高長長的路

「欸，如果我在我的世界裡走丟了，

也把全部的自己交給世界了，

你還會緊跟在後頭，告訴我一切都會沒事嗎？」

凌晨 2:30。

兩天假日又過去了，飄浮著迷惘的日子比我想像的還要悠長。

今天也是下著雨的天，灰茫的天空散落著交織密集的雨水。

這些日子我常常在等待，而這個等待著的心情，在我不經意的時候常常出現。

不過讓我迷惘的，是我等待的事情沒有實體。

我等待著一種反覆灰黃的情緒過境，我以為那是過渡期，但在我咀嚼著某天早餐的食物，到半年以後某個晚天的晚餐時，我發現當我吞嚥的每個剎那，它一直都在。

像我在等待著值得被我記錄的事情到來，這種情緒很輕，但在它即將到來的時候會很沉。也像是腦袋被重擊以後的無力與暈眩，而我期待著它好起來的時候。

我說不上來具體形容，我也不曉得你能不能明白。

沒辦法在日常裡好好惦記著生活，
所以眼前的所有活著的軌跡都不被記錄，都被苟且抱在懷裡。

有點像在睡夢裡即將醒來，卻又醒不過來的茫然，
雙手正在用力，卻抓不住自己。

我想我在等待的泛流裡忘了自己，也忘了理想的自己。

期待是一條高高長長的路，像是覺得我和自己的未來會更好，
像是我覺得只要隨著時間前進，我就能抓住好好相擁著幸福的我，和理想。

但我不知道那個方向在哪裡，你知道嗎，我不知道那個我跟那個你在哪裡。

可是我怕我就這麼搖呀晃呀，我也遺落了現在的自己。

我也害怕在季節遷徙的更迭裡，就這麼醉茫茫地走著，

我也就快忘了，就快了，我快忘了我的歸處在哪裡。

「欸，如果我在我的世界裡走丟了，也把全部的自己交給世界了，
你還會緊跟在後頭，告訴我一切都會沒事嗎？」

12

你終究會長成自己的模樣

我也能漸漸明白，在走上自己最理想的模樣以前，
我們必須繞過很多不盡理想的路。

倒不是說很長的時間。
回想這陣子的飄渺思緒，像斑駁的磚塊牆面那樣，在每一塊與每一塊之間，
夾著一層層不安的水泥，然後再緩慢地，將歪歪斜斜的磚塊疊上去。

覺得自己好像成個樣子了，但在那些被擠壓後，溢出來的灰白色泥水，總在睡前輕輕地在我耳邊耳語。比如那些妳做不到、妳不是、妳配不上妳的夢，妳永遠也住不進去。

這些話對自己講多了，索性也就沒有殺傷力了。
我倚靠著對自己的一點點自信，這是每個人都藏在內心很裡面的，
很沉很沉，就放在那裡。

有時候，尤其是妳在被重擊以後，那些平時默不吭聲的自傲，
會像被倒進水裡的油那樣浮上來，輕輕淺淺地，卻盡收眼底，

好像你伸手一撈就能緊握，但事實上卻不是那樣。

那天，我在想自卑這件事。
當我在寒流初至的那個下午，披著一件從沙發上信手抓來的毛呢毯子，我雙手捧著熱奶茶，白色的陶瓷馬克杯上瀰漫著煙霧，

在我瀏覽著信件時，它就在我與螢幕的視線前，成了一層薄薄的迷惘。

我在想，我們好像總是這樣的。
我們在前不著村後不著店的漫漫日子裡，想念著過去某個時刻的自己，好像那時候舉手投足都抖落煥發，好像那時候的空氣特別澄澈。

於是，在那裡插了個旗幟，然後漸漸地就思索到現在，
好像自己還沒成為某個樣子以前，這段時間，就成了一個不被特別標記的歲月。

你知道嗎？
很多時候，在我想要成為我想成為的人之前，

當我踩過那個太過陡峭的坡道，彷彿腳邊四處散落著不歡迎的碎片時，
我會暫時忘了自己，當上我從未想成為的那種人，

在飄浮不定的心上，養著一叢一叢散發的惡臭、頑劣不堪的聒耳噪鳴，
可是在我們還沒把那條路走熟前，我們踩著的都是別人口裡的步伐。

也許心裡抵抗著的念頭，讓自己在這個還沒有再樹旗幟的時候，更顯得討厭。
你也有不認識自己的時候吧，尤其你正在追逐理想的時候。

可是我想，我也能漸漸明白，在走上自己最理想的模樣以前，
我們必須繞過很多不盡理想的路。

在我們當了太多的別人，與別人嘴裡的我們以後，在這面汪洋裡，只要你還記得自己的鼻息，與為了自己而奔跑著的姿態，

在這些愁慘雲霧繚繞完，漸漸散去以後，在幾番迂迴而上，
攀爬淹沒著我們的舒適圈以後。

有那麼一天，我們還是能做回自己，

即便在成為自己這條路上，滿布荊棘。

13

微小卻隱約閃耀著的

也許你總有那麼些時候，覺得長大了，變得不那麼純粹了吧。

但在歷經事故風霜的過程裡，有時候陽光也會探頭照照我們，
讓我們的心更暖、手更暖。

淩晨 12:35。

這個晚上，當我看著一片漆黑的窗外，想起失與得，
好像腦袋是順便的，也想起再也無法重拾的年歲。

我覺得時間就像河床上的水流，
漸漸地、安靜地改變很多當初看來好銳利的角度。

比如二十出頭的時候不喜歡香水，只喜歡剛洗完澡的沐浴乳，
或乳液的香味。

那時候我問過媽咪為什麼喜歡收集香水、噴香水、不覺得這樣
很做作嗎？

媽咪背對著我，把噴完的香水瓶輕輕放在床頭櫃，

香水瓶的邊緣透著光，她一邊從容地對我說：
「那就像一種打扮，和穿衣服一樣，是一種搭配，能襯托出你是什麼風格的人。」
然後她仔細地抹上口紅。

但後來的幾年，我也喜歡上香水。
不過幸好，我和媽咪一樣，討厭聞起來很庸俗脂粉的大眾香。

以往覺得很多事，只有肯定否定，
朋友說了無數次我的世界只有黑與白，沒有中間值。
後來歲月教會我欣賞空間，認識伏筆，

認識了除了絕對的純色，這世界上也存在了許多混雜的、
或者不飽和的色彩，但它們依然獨特，也都值得存在。

記得那些過去，只會用飛蛾撲火似的，天崩地裂地愛著喜歡的人，
只要生氣就發狂地辱罵惡言相向，彷彿只有大吼，才能把真正想說的話吼進對方耳裡。

後來那些負傷離去的人，讓我學會了即便再不捨，但如果之於

對方、自己是好的，也得放手，包括自己的脾氣。

很多嚴重的話覺得傷人，只要意識到，那一定會深深刺傷你最喜歡的他，這樣一來那些到唇邊的實話，或者再多的對與錯，斬釘截鐵的正義變成武器，也就捨不得說了。

我想，
也許你總有那麼些時候，覺得長大了，變得不那麼純粹了吧。
但在歷經世故風霜的過程裡，有時候陽光也會探頭照照我們，讓我們的心更暖、手更暖。

即便剛剛踏過的旅途是寒冷的，但伸手摸向對方的那面，也是溫柔的。

好像從某個層面來說，我希望你們也擅長懷念過去，但不討厭長大，
因為那讓我們認識了，很多細緻璀璨，
雖然微小、不絕對、不銳利也不飽和，卻隱約閃耀著的美好。

我想成長的過程就像冬天清晨，供昆蟲吸收的水露，
歷經了一番旅途，流淌徜徉過無數的植物花叢。

在每個巷弄裡磨去一些些尖銳的稜角，丟下一點點帶著刺的自己。

然後把最柔和、最純粹、也最珍貴的，

獻給那個，除了自己以外的，

那些好重要的人。

輯四

下巴

_ 收集愛、收集著溫柔。

睡前的相擁，彼此鼻息交流最親暱的空間，
是剛好我躺在你胸膛，
是剛好我抬頭，就能吻到你的下巴。

1

將人生等成盛宴

「他從不只是我在春季裡偶遇的桃花盛宴，

他是我願用一世，在每個晨起甦醒裡，擁抱的晴暖。」

我很喜歡他在我身邊安然睡去的樣子，

規律地吐納，伴隨著呼聲。

好像世界上，再也沒有比這裡更安全的地方。

我喜歡自己就是他的安全感。

他是一個外表剛強，卻意外柔軟的人，

記得那天在話筒裡無意提起，個性溫呑的他輕輕地敘述著，

「我沒有一直這樣，那是遇到妳之後才有的事。」

我們並不每天相處在一起，

他為了我們的未來，在離我很遠的地方努力著。

有時候天冷，突然想擁著他，一起喝碗紅豆湯都是難事，

所以我們更加珍惜能依存的片刻。

好幾次思念氾濫崩解成淚水，在電話那頭的他總是心疼，
「對不起，讓妳委屈了。」
聽著他沉著的聲音，我明白他的不好受。

記得一次，他細心規劃好久的行程，
金穗色的陽光灑在房間裡的早晨，
空氣裡帶著微微的香味，迤邐在每一處的觸手可及。

我翻了個身，將自己挨進他的懷裡，緩緩地將眼皮睜開。

「早安。」
發現他正撐著頸子低下頭看我，淺淺地笑著，
好像維持這樣的動作已經一段時間了。

「你起來很久了嗎？」
「還好。」
「怎麼不再睡一下？」
「剛剛在查妳說那家一定要吃到的早餐店。」他大大的手掌輕撫我的頭髮。「再確認一下開到幾點。」

「可是我不想去了。」我耍賴地閉上眼，伸手緊抱住他，將臉埋進他的胸膛。

「妳不是很期待嗎？再睡就吃不到了。」
他溫柔地呢喃著。「而且還有好多妳說想去的地方，我都排好了，會來不及哦。」

「可是我不想起來。」我把他抱得更緊。
「那妳再睡一下。」他摸了摸我的臉龐。

那些太想他的時候，就容易把這些明淨柔和的記憶撲個滿懷。
他總是溫和完善地，在每一段旅程裡周到，
像生怕我在哪個環節裡感到失望。

可是他大概不知道，我從來不在意旅途有多盛大，
因為再繁縟細緻的安排，都是因為他才有了意義。

因為，他從不只是我在春季裡偶遇的桃花盛宴，
他是我願用一世，在每個晨起甦醒裡，擁抱的晴暖。

2

餘生裡，睡著的側面

你知道嗎，我想成為那樣的人。

在你一貧如洗時，能輕輕擁抱你的乾涸。

現在淩晨 12:47。

我們隔著一個螢幕交換著彼此生活，當你不在我身邊的時候。

我會把那些我碰觸不到的一些你，

比如在我們一起看的這部電影時，你在幾分幾秒笑了，

或者你在睡前凝視著我的時候，那一刻是不是眼裡沸騰著我的想念與你的溫柔，

我會都摘下來，放在心裡某個角落。

所以碰著你的時候，我會知道你的眼眸，是不是和我見到你的時候一樣暖和，

我會知道那個笑容，是不是有著一樣在我心上刻著的那個角度。

我想起那個晚上我失眠，聽著晚天鼓譟的寂靜。

那個晚上我們住在六樓，從床邊的落地窗望出去，
所有溶溶密密的光亮與車流的燈爍，成了天上人抬頭望著的星芒。

你就側躺在我身邊，將臉挨在我肩上，然後左手環抱著我，
長長的手指落在我的腰間，把我抱得緊緊的。

平常高高大大總擋在我前面保護著我的他，在這個時候睡得像個孩子。

我輕輕地摸著他的臉畔，有些新長出來的小小鬍渣，還有他眼下不知道為什麼早就有的一個小疤痕，挺挺的鼻子與濃濃的眉毛，從這個角度看起來都顯得稚氣好多。

好像總有那種時刻，我們會捨不得在活著的這秒做其他事情，
唯一想做的僅有記住這時的溫度，感受他的吐納，像是隨著空氣的流動，
我就能躲進他夢裡陪他睡去，也陪他看看這個世界在他眼裡的形狀。

以往活著的我是不懂愛的，也許現在依然，但每次看著他安穩地睡在我身邊，
翻過身就能躲進他懷裡的時候，就覺得拿什麼都不想交換這個

段落。

我安靜地聆聽他的聲息，與外面熙來攘往的街道聲形成一個小小的對比。

我也記得那時候我躺得有些痠了，
維持在同一個姿勢讓我有些不適，所以我想翻個身順順我已經快麻痺的臂膀。

「不要。」還在睡夢裡的他突然緊抓著我的腰間，
眼睛沒有張開，濃濃的眉毛皺了一下，將我抱得更緊一些。

「我沒有要走呀。」我撐起身體，換了角度輕擁著他。「我只是換個姿勢而已。」
「嗯……」隨之而來的是他沉沉睡去的微微呼吸聲，而他緊抱著我的手，卻再也沒有放開。

我猜想這樣的遠距離，讓他多沒有安全感，

我摸摸他修長的手指，上面多了很多大大小小的新舊傷口，
因為在不同城市各自努力，我沒能即時好好照料他的小細節，
而一個人的時候，他總把自己擺在後頭，那些傷口的疼痛他不曾提過，卻在我心上蔓延開來。

記得在某個晚天裡他曾對我說過：
「我把我一輩子的細心都用在妳身上了。」

看著他睡去的臉龐，我輕輕地吻了他的額頭。

你知道嗎，我想成為那樣的人。
在你一貧如洗時，能輕輕擁抱你的乾涸。
在你隻身建起頑強屏障時，能輕牽你的沉淪。

在你白髮蒼蒼時，我會陪你看盡終古常新的皎日，
直到眼底的皺褶，牽起了我們下輩子的掌紋。

你知道嗎，

我不提執子之手，也不收集那些四季變換的春秋朝夕。
因為你讓我知道愛，不是多少的得到與給予。

而是在你閉上眼，擁著我的夜裡，或是偶然眨眼的剎那，
那裡頭，就住著我的餘生。

3

你是值得計較的時光

世界，我很小氣嗎？可能吧。

就連這麼點時間我都想計較。

現在晚上 11:17。

想起那個冬天的午後，陽光很沉，風很大。
你用纖長溫厚的手指，將我落在臉畔、淩亂的髮絲勾到耳後。

我知道，人終究是個體，再悱惻的歡愛都只是生命裡的一站，
卻沒能使我緊握著你的手鬆開。

我沒能說上什麼話，也沒能停止還未分開就已經蔓延的想念。

高高的你戴著黑色鴨舌帽，穿著墨綠色的圓領上衣，黑色的背心外套，
在胸前的地方有著淚痕。你將我擁在懷裡，然後輕輕地吻了我的額頭，
彎著腰用雙手捧起我的臉龐，「別哭了，我會心疼。」

你看著我哭腫了的雙眼，然後遞給我一個你剛剛一直提著的袋子，
要我等一下火車離開後打開。

後來你踩上橘色的車廂。
火車的入口角落，鐵門旁邊的顏色已經有些斑駁，
脫落的部分已經有些鏽蝕的棕銅色塊。
我看見你上了車，拿起手機撥了電話給我，在我視線可及的地方要我別哭。

我看著行駛的列車不斷向前，像鏡頭裡的一個分鏡用不到一秒就將你帶離我的身邊。
低頭深了一口氣，想起你說的話，我翻找著袋子裡面有著什麼，
結果袋子裡面，有著兩盒熱敷眼罩、一盒止痛藥、一盒巧克力，
還有一張一千塊。

在這些底下壓著一張信紙，我打開看裡面寫著：

妳從昨天晚上就開始哭了，眼睛一定很不舒服吧，回家趕快熱敷，對不起我總是讓妳這麼難過，儘管每次見面我都很努力地想讓妳快樂。

我算過了，下個月你月經來的話我們應該還沒有見面，我沒辦法幫妳熱敷或買紅豆湯，這個止痛藥我查過了，副作用很少，但答應我，少吃，如果妳肯聽我的話早點睡，不要一直喝冰的就不會讓我那麼擔心了。

一千塊是我知道等等妳一定捨不得坐計程車回家，可是天很冷，我不想妳為了送我搭車，還要在這種天氣等公車來，所以聽我的，搭計程車回家，不准覺得浪費，這是命令。

巧克力在車上讓妳吃，吃完巧克力心情就會比較好了對吧？妳之前說過的。
還有妳要聽話，別讓我擔心，我愛妳。

歪歪斜斜的字跡不隆重，卻不偏不倚地走進我心裡。

世界，我很小氣嗎？可能吧。
我知道人的一世有多長，也知道在這驛站沒有我們的永恆，
時間只是不斷地追趕著給予與逝去。

世界，我很小氣嗎？可能吧。
就連這麼點時間我都想計較。

因為我明白生命之須臾，但在所有的短暫光景裡，

只要有一處是你，我都想深深刻在手裡。

4

下輩子孤寂也有的你

彼此事情做完再問對方晚點去哪裡散步，吃什麼晚餐。

我覺得那樣，對我來說就很幸福。

那天的晚上 7:40，在分開的後天，沒有風，但不熱。

我們一直都在各自的城市努力著，希望有一天能夠將彼此帶近對方身邊。

在被日光燈照得紙白的辦公室，我在繁瑣乏味的公事過程裡看見他傳來的訊息，他一段一段地傳，像是在朗誦什麼慎重的事情：

寶貝 4:11pm

我覺得 4:11pm

當我們在一起的時候 4:11pm

沒有任何無聊的時候 4:11pm

妳覺得我們以後住一起的話 6:24pm

也會那樣不覺得無聊嗎 6:24pm

我看到的時候有點遲了，於是在鍵盤上敲敲打打地回覆：

你覺得呢 6:53pm

他又回覆：

我覺得我們會常常攤在床上（大笑）7:18pm
攤在床上的意思是你會覺得無聊嗎 7:25pm
不會呀 7:29pm
跟妳 就算攤在床上一整天都不覺得無聊 7:29pm

在這樣淺薄的日子裡，他溫柔的字句成了像白飯糰裡的梅子那樣，甜甜的、重重的。於是我把手機拿起來，希望這些溫度能夠透著這個機器傳遞到他那裡。

我覺得我們相處的時間因為壓縮，很多事情都要取捨、平常我們都在上班，又沒有那麼多體力，
想吃的餐廳、想看的電影、想去的景點、彼此擁抱……
甚至連做愛都要把握時間。

但這些想法用在我們現在都太浪費時間了。
所以每次見面越不想白費時間，我們就越累，如果真的住在一起，我覺得我還是能想到很多事要跟你一起做，會不會無

聊我不知道，有可能會膩，但那是如果一段感情都沒有互相成長的話。

比如我會想跟你去游泳、或像交往前說過的多去看流浪狗、陪彼此家人出門。

我覺得很浪漫的是，如果我們真的有那種日常，
在一起布置的房間、牆上會有我們的照片，那是個冬天，我們穿著睡衣，燈光很好，橘黃色的柔軟光線，

你戴耳機打電動、或處理公事、我在床上聽音樂，用筆電打文章。

我想喝東西的時候，順便問你要喝什麼，從廚房拿回來的時候，
經過你身邊可以親你一下，從椅子後面抱抱你，然後繼續做各自的事。

彼此事情做完再問對方晚點去哪裡散步，吃什麼晚餐。
我覺得那樣，對我來說就很幸福。7:33pm

把螢幕關上，準備埋首公事的我突然又看到手機亮了起來。

我覺得一定不會膩 7:34pm

現在每次見面，都覺得時間不夠用 7:34pm

可是因為是妳，就算未來住一起了，對我來說，時間一定還是不夠用 7:34pm

看著這些字句，我想起他在我身邊時的每縷溫柔，
回去細數那些見面時的模樣，每個片刻的他，就像害怕一不小心就會讓我失望那樣，
拾起我的每個期望，再仔細地放在手上，一片片地輕輕拼湊起我的每個想要，像一整片閃著的星空。

在遇見他之後，我才知道溫度不是只能近距離的傳遞，愛也是。

那天晚上回家後我們談了好久好久的天，看著視訊裡的對方，
於是我們說好了，如果有一天，在能把彼此劃進每天的日常之後，我們不親吻、不做愛，就把一整個假日下午留給擁抱。

把彼此的體溫安安靜靜，沉沉地刻進彼此身體裡，
這樣我們的靈魂就有了對方的紋理。

這樣，說不定我們就不會被日常沖淡了悸動，忘了珍惜。
說不定下輩子，在人海的孤寂裡，
在忘了彼此的深刻以後，

我們還能再找、再認定那個我最愛的他，
然後再愛一次，然後再愛一次。

然後，再愛一次。

後記——

好不好，我會用力不失眠，為了在夢裡等妳

想起這本書需要後記，所以我把這篇留給我剛離世的兔子女兒。

今天醒來，發現下了一場大雨。

但我沒有要把這場雨和妳產生聯繫，
或在任何層面上歸咎於妳，

我只是太想妳了，
所以覺得什麼都跟妳有關係。

妳走了，什麼都變得珍貴。
留在床上的毛、門邊妳啃過的痕跡、吃剩下的草餅屑屑；

因為風壓吹得唧唧吱吱的窗戶，
都像是妳的小腳掌，落在地板上熟悉的踏踏聲。

粉紅色的鼻頭和小嘴上下起伏，
長長的睫毛和眼線，小聰明的眼神，
被陽光照得柔軟的毛，
毛的邊緣閃著金燦的樣子，

就像一個小精靈。

被我用 799 買來，
2500 送走的小精靈。

他們絕對是賣便宜了，
因為他們不知道妳來到我身邊發生的所有事。

如果他們知道妳是這樣的存在，
也許，可能，幾萬都不願意賣我，
就像我花再多錢都不想把妳送走那樣。

太珍貴的事總是易逝，
也許妳再回來，
我還是會一樣因為工作耽誤了和妳的抱抱，
和妳一起躺著的下午或晚上，
也不會和妳分享，媽咪今天發生什麼事、做了什麼事。

妳知道的，這十年，妳和我一起長大，我抱著妳想念姊姊、想念那些逝去的人或事情，然後我變得安靜，

所以也許這些我還是沒辦法給妳。

把妳送進火葬場的時候，
媽咪心裡想，以往太陽大點的時候，我就會趕快把妳抱進屋內，或者用手護著妳。

看到紅色的火光竄出來的時候，
我下意識地，還是想衝過去把妳抱出來，

這麼燙、這麼熱的地方，怎麼適合妳。

總之說再多也就這樣了，
那媽咪以後也就不說了。

可是媽咪會一直想妳，媽咪把妳留在這裡。

不燙、不痛、不傷心、不難過。
不喘、不累、不再不自由。

我們說好，
妳最後一次聽媽咪的話，不要再回頭。

也許媽咪往後的失眠，妳會是其中一個理由，但妳是我熬過最美好的事情，

如果人活著就為了幾個瞬間，那我這須臾又漫長的歲月裡，一定有幾幀畫面是滿滿的、閃閃發光的妳、儘管旁邊是我生活軌跡的破爛。

妳會在我心裡盤踞、深耕，也許會長出令我意外的東西。

好的、不好的。

今晚來我夢裡吧，在媽咪失眠以後。

國家圖書館出版品預行編目資料

後來，就把失去熬成失眠 / 無NONNO著. -- 初版.
-- 臺北市：皇冠文化出版有限公司，2023.08
面；公分. --（皇冠叢書；第5111種）（有時；24）

ISBN 978-957-33-4054-6（平裝）

863.55　　112011288

皇冠叢書第5111種

有時 24

後來，就把失去熬成失眠

作　　者—無NONNO
發 行 人—平　雲
出版發行—皇冠文化出版有限公司
臺北市敦化北路120巷50號
電話◎02-27168888
郵撥帳號◎15261516號
皇冠出版社（香港）有限公司
香港銅鑼灣道180號百樂商業中心
19字樓1903室
電話◎2529-1778　傳真◎2527-0904
總 編 輯—許婷婷
責任編輯—黃雅群
內頁設計—李偉涵
行銷企劃—鄭雅方
內頁照片—無NONNO
著作完成日期—2023年6月
初版一刷日期—2023年8月

法律顧問—王惠光律師
有著作權・翻印必究
如有破損或裝訂錯誤，請寄回本社更換
讀者服務傳真專線◎02-27150507
電腦編號◎569024
ISBN◎978-957-33-4054-6
Printed in Taiwan
本書定價◎新台幣350元 / 港幣117元

• 皇冠讀樂網：www.crown.com.tw
• 皇冠Facebook：www.facebook.com/crownbook
• 皇冠Instagram：www.instagram.com/crownbook1954
• 皇冠蝦皮商城：shopee.tw/crown_tw